なんでわざわざ

中年体育《ちゅうねんたいいく》

角田光代

文藝春秋

まえがき

20代のころ、私は中年代域の人々を「別種の生きもの」と思っていた。さらに、若者と対立する存在だと思っていた。

時代時代によって、若者をくくる呼び名がある。しらけ世代とかゆとり世代とかである。私の世代は「新人類」というくくりだった。前の世代にしたらまったく理解できない、ポジティブな意味ではない「新しい」人たち、という意味だ。そういう言葉を生み出すのは中年代域の人だと思っていたし、その言葉に含まれた侮蔑も感じ取っていたから、対決（ＶＳ）する仮想敵のように思っていたのである。

さらに、中年代域の人々を敵視する、もう少し個人的な理由もあった。私は23歳でデビューしたのだが、デビューしてから6年間ほど、評論家たちに小説をけなされまくった。当時の評論家はほぼ私より年長者で、私が「中年代域」と思う年齢層の人が多かった。けなされることに堪えられなかった私は、心に防波堤を作った。それは「おっさんおばはんにわかるはずがない」というものだ。若者の書いた新しい小説が、中年年齢層の人に理解できるはずがないじゃん、という、今思えば幼稚な防波堤ではあるのだが、そうしたものでも作らないと、書き続けられなかった。

今になって痛切に思うのは、20代の私は、自分が中年になると思わなかったのである。だから30代の半ばになったとき、私は慌てた。同世代の友人たちが次々と結婚して親になり、20代のころに着ていた服が似合わなくなり、そして、「おっさんおばはんにわかるはずがない」の防波堤が用をなさなくなった。私自身がほぼおばはんになりつつあるのに、防波堤になんの意味もないことに気づかざるを得なかった。その段になってようやく若さが新しさとイコールではないことも知った。私の小説が評価されなかったのは、新しさを理解されなかったからではない、ただ、だめなだけだったのだ。

と、小説でへこんでいるときに失恋をした。失恋そのものよりも、年齢のアンバランスにショックを受けた。あれほど無関係だと思っていた中年代域に私はどんどん近づき、仕事にたいしてももう言い訳できなくなっているのに、失恋などしているのである。失恋って若者の特権ではないのか。30代になっても失恋するのか。

私はそのとき何か悟ったのだと思う。若さと新しさがイコールではないように、年齢を重ねても人は大人にならない。と、いうようなことを。おそらく私はこのまま中年ど真ん中になっても、20代のような手痛い失恋をして、10代の娘のように傷つくだろう、一方で、体はどんどん衰えていくのだろう。年齢と精神と肉体はどんどんアンバランスになっていくだろう。

30数年間、一度も積極的にやったことのない運動をはじめたのは、この予感がきっかけである。そのときは「40代の失恋に備えて強い心を持とう。強い心は強い肉体に宿るはずだ」とだけ思って、近所にあるボクシングジムのドアを叩いたのである。

その少し後にスポーツクラブに入会し、またまたその数年後に不純な動機でランニングをはじめることとなった。私の中年の幕開けは、運動開始とともにある。

でも本書を読んでいただければおわかりのとおり、運動の何ひとつ、中年以降の体力の衰え予防としてはじめていないし、やってもいない。ボクシングもスポーツクラブもランニングも、みなそれぞれにはじめた理由が違い、そのどれもが健康維持と関係がない。

フルマラソンも、おそらく仕事としての依頼がなければ引き受けなかったろう。Number Doという雑誌からフルマラソン出場の依頼があったのは、2011年、43歳のときだ。それをはじめとして、編集者W青年と、連載時の写真を担当してくださった川内倫子さんと、いろんな体育をした。もし20代の私が体育にいそしむ中年の自分を見たら、「イタい」と思うだろう。「痛い」ではない「イタい」である。年齢や、老いや、生活習慣病に、必死で対抗しているように見えたと思う。そんなふうにしか考えられなかった。

でも、違うんだなあ。フルマラソンを走る、にしても、トレイルランニングをする、にしても、ヨガをするボルダリングをする、にしても、やってみて、いちばん興味を引かれるのは、「体力作りに有効かどうか」ではなく、「自分にできるかどうか」なのだ。できると、「えっ本当に？」と驚くし、できなければ、「やっぱりそうだよな！」と笑いたくなる。そしてやっぱり驚くのは、中年になって（からはじめて）もできることがある、と知ることだ。

人によってタイプが異なると思うけれど、どうも私は、「何かいいことがある」ということが、運動系を続ける動機にはならないらしい。「筋肉がつく」「痩せる」「ボケ防止になる」等々、何かしら、肉体的に得をすることがあるらしい、と思っても、やる気にはならない。ヨガやボルダリングにはまらなかった理由はそのあたりにあるかもしれない。得することがありすぎる（ように思える）し、その得が私には発動スイッチにも持続ボタンにもならないのである。ただ、あこがれだけが残る。

こういう向き不向きがあることも、若いときにはわからなかった。走るのは嫌いだから自分には向かない、水は好きだから水泳は向いている、というようにしか、考えられなかった。走るのは嫌いだけれど、なんの得も実感できないし、しかもフルを走ったら走れたから、自分には向いているのだろう、などと考えなかった。人間が、かくも矛盾を抱えた生きものだと思いもしなかったのである。

運動の得意な人だけが運動をするのではない。好きな人だけがするのではない。健康に気を遣う人だけがするのではない。ほぼ4年間の連載で、数カ月に一度の体育の授業に参加するように運動してきたけれど、やっぱり最後まで私は運動を好きにならなかった。走ることも、汗をかくことも、高いところを歩くことも、嫌い。嫌いだと自覚しているからこそ続けられることもある。

連載終了後の個人的活動は以下の通り。

２０１５年12月に那覇マラソンに出た。途中から雨になり、本降りになり、つらかった。いつもより遅い5時間ちょうどでゴールした。走っているあいだ、なんだかやけに腕が重く、肩が凝ったのだが、マラソンの2日後に、手首の骨にひびが入っていたことがわかった。じつはマラソンの数日前に（酔っぱらって）転倒し、手首をいちじるしく打っていたのだが、翌日とくに痛くもなかったので、そのままマラソンにも参加したのである。しかしマラソン後、帰ってきてからどんどん手首が痛くなり、整形外科にいって骨損傷が判明したのである。即座にギプスをつけることになり、その後3週間もギプスは外れなかった。こんなことになっていると気づかずに42㎞を走るなんて、私は本物の馬鹿だろうかと、つくづく思った。

その後は２０１６年2月、西表島で行われる「竹富町やまねこマラソン」の23㎞の部に出場した。2時間29分で完走。2月だというのに30度を超える晴天となった。コースにはまったく日陰がなくて、暑かった。ヤマネコは一度も見かけなかった。

……と、あいかわらず、走ることは続けている。このまま、いつか老人体育になっていくのかもしれない。

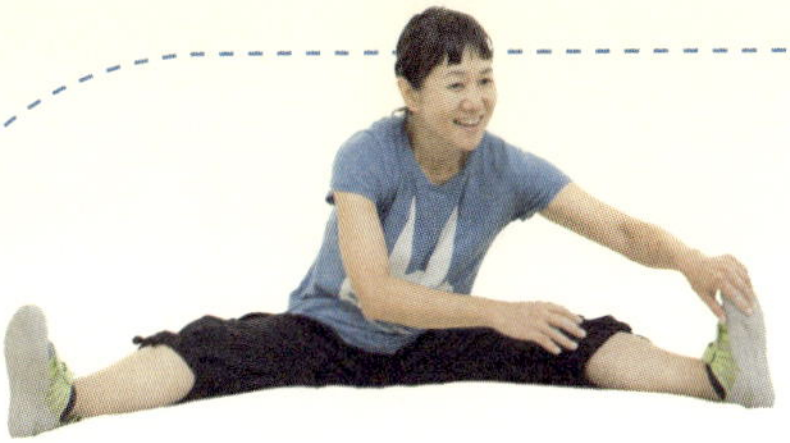

カバー写真　深野未季
装丁・ＤＴＰ制作　加藤愛子（オフィスキントン）

なんでわざわざ中年体育

2011.2.27

「いつか」は案外早くやってきた

東京マラソン！

最初に断言するが、私は走ることが好きではない。友人が会長を務めるランニングチームに属してはいるが、彼らのラン後飲み会に混じりたくて入ったにすぎない。そもそもこのチームの主な活動は飲み会である。

チームに入って5年、駅伝（5㎞）に一度、大会（10㎞、ハーフの部）に一度ずつエントリーし、いつかそのうちフル、と思いつつ、ずっと避けていた。「いつか」なんて10年先でいいと思っていた。それでもこの5年、週末は必ず、雨さえ降らなければ10㎞から20㎞の距離を私は走っている。たのしいから走っているのではない。いやいや走っている。なぜいやいやながら走るかといえば、一回休めば、翌週も休みたくなるに決まっており、翌週もサボれば、その先ずっとサボるに決まっているからだ。つまり、一回休むということは、私にとってチームを辞めることを意味するのだし、それはつまり、この先一生走らないことをも意味する。

そんなにいやなことを毎週毎週、5年間も続けていると言うと、人は衝撃を受けるようである。そんなにいやなことがなぜ続けられるのか、と。走るのは好きではないが、しかし、ひとつだけ、びっくりしていることがある。それは「できるようになる」ということ。走りはじめた5年前、私は3㎞まで走るのが限界だった。けれど今では20㎞を走ることができる。続けられるのは、この驚きの故だろうと思う。

10年先でいいと思っていた「いつか」は案外早くやってきた。ある雑誌（この雑誌だ）の編集部から連絡があり、東京マラソンを走ってみませんか、と言うのである。悩んだ。新聞連載を一年間引き受けるか否かよりも、もっと深刻に悩んだ。3日ほど悩んで結局、「やります」と答えた。理由は、今やらなければ、もしかして10年先もやらないかもしれない、と思ったこと。

それが昨年、２０１０年12月なかば。以後、東京マラソン一カ月前まで、なんの準備もしなかった。一カ月前から私がした「準備」は、ランニング指導員でもある整体師の方が開いているクリニックに、外反拇趾《がいはんぼし》用のテーピングを習いにいき、そこで外反拇趾でも長距離ランに耐えうるようにシューズを加工してもらったこと。それからこの院長の教えの通り、一カ月前に一度だけ3時間と少し、距離にして35㎞走ったこと（本当は3時間半走れと言われたのに、ズルをしたのだ）。あとは当日一週間前のカーボローディング（4日間炭水化物を抜き、当日までの3日、炭水化物ばかり食べる）。それだけである。体重を2kg落としたかったが、無理だった。

大会当日、早朝の電車に乗って新宿に向かう。地下鉄を降りて地上に出ると、さっきまで明けきらなかった夜がすっかり明けて、しかも、晴れている。ほっとする。しかしながら、気持ちまで晴れやかになったかというとそんなことはなくて、ああ、なんで走るなんて言ってしまったか、と思うばかり。やる、と決めたからやるけれど、やっぱりいやなものはいやなのだ。

スタートは9時10分。さすがに、ものすごい人である。お正月の神社参拝客よりも多いのではないか。スタートの10分前くらいに、ようやくブロックに到着した。今までの人波と打って変わってブロック内はスペースがあり、ストレッチをする余裕があってほっとする。

そうして遠くで歓声が起き、音楽が聞こえるが、何が起きているのかまるで見えない。続いてスタートピストルの号砲。あ、はじまった、と思う。しかしもちろん、ブロックの列はまったく動かない。15分ほど待って、ゆっくりと列が動きはじめる。角を曲がるとスタート地点のアーチが見える。応援と見物の人で歩道はふくれあがっている。アーチをくぐると、ようやく走り出せるほどのスペースが空く。ｉＰｏｄとＧＰＳ付き腕時計のスイッチをオンにして、アスファルトに散らばる紙吹雪を踏みしめ、いざ、走り出す。

西新宿の高層ビル群を眺めながら進むと、前方に新宿大ガードが見えてくる。ここは幾度も歩いているし、地図だって頭に入っているのだが、やっぱりびっくりしてしまう。新宿のど真ん中を、しかも車線を、堂々と走っていることに。新宿、新宿御苑、四谷と、見慣れた町を走る。飯田橋の手前で５㎞地点を通過する。そのあたりで、今日はなんだか調子がいいと気づく。毎週末走っていると、ちょっとした体調の善し悪しが、走ることのできる距離やペースに、あまりにもそのまま影響することに驚く。調子がいい、ということは、だからものすごく重要なのだ。

走る前、マラソン体験者たちに幾度も念押しされたことがある。それは、自分のペースを乱すな、ということ。急ぐな、巻きこまれるな、心配になるくらい、ゆっくりでいけ。

大会に幾度か出ると、そのことの重みが本当によくわかる。私ははじめて出た駅伝で、他人、とくに高齢者や、うんと太った人に追い抜かれるたび、闘争心を煽《あお》られて、無意識にペースを上げ、3km地点で棄権したいほど疲労した記憶がある。敵は他人ではなくて己の闘争心なのだ。

私が練習時にいつもつけているGPS付き腕時計には、正確な走行距離と時速ペースが時計画面に表示される。調子がいいと思ったところでその時計を確認すると、なんと時速10・3kmという表示。おっと、これは急ぎすぎ。ふだんの練習はだいたい9・5前後。今日、最初の20kmはそれよりゆっくり、8・5前後で走ろうと決めていたのだった。あわててペースを落とす。ペースを落とすのは、じつはペースを上げるよりよほど勇気が要ることなんだなあと、走りながら思う。

退屈を紛らわせるために小説の構想を考えてみた。

飯田橋から目白通りに曲がるあたりで、10km走者とフル走者とで車線が分かれ、道幅が狭くなる。道幅が狭まるということは、混み合うということだ。そうなると人は自分よりペースの遅い人をうまく間合いを見て追い抜いていくのだが、驚いたのは、前の人を手で押しのけたり、体でぶつかって追い抜いていくランナーがいること。そう

東京メトロ
G53039
ランチパック

いうことをされると、瞬間的にムカッときて、追いかけてまったくおんなじことを仕返してやろうかと思う私は、きっと血の気が多いんだろう。ペース死守ペース死守と、自分に言い聞かせるようにつぶやき、人に体当たりしながら急ぐランナーの背を見送った。

高い建物がふいになくなり、緑が濃くなる。皇居周辺だ。日比谷公園前でちょうど10㎞地点。にぎやかな音楽が聞こえる。何かイベントをやっているのだろうけれど、立ち止まって確認する余裕もなく通り過ぎる。10㎞ごとにブドウ糖を摂取したほうがいいと言われたので、飴状のブドウ糖を走りながら一粒食べる。

ここから品川までいって、ふたたび折り返して20㎞。だんだん、飽きてくる。走ることって、疲労するわりに退屈だ。体はずっと動いているけれど、動きとしては単調なので、暇。あと3時間もこんなに暇な時間を過ごすのかと思うと、そのことにうんざりしたりする。退屈を紛らわせるために、小説の構想を考えはじめ、ちょっといい案が思い浮かぶも、メモはとれないし、まったく残念なことに、案が先に進まず、思いついたものだけをリピートする。30分くらいおんなじことをくり返し考えて、マラソンは小説の構想には向かないと知った。

しかたなく、空を見上げる。それにしてもなんとうつくしい空か。建物の輪郭がくっきりとして、空は抜けるように高い。この澄んだうつくしさは、東京都心の車両通行止めと関係あるのだろうか。と、思ううちに折り返し地点を過ぎている。あんまり疲れていないことにかすかにぎょっとする。脚はもちろん走ったぶんだけ疲れているのだが、上半身がデスクワークでもしているかのごとく平常。

毎週末走っているときは、だいたい5㎞を過ぎた時点で喉が渇き、10㎞地点で一度立ち止まってスポーツドリンクを買って飲んでいる。が、そんな喉の渇きもない。ここまでで配布された水もスポーツドリンクも、いっさい飲んでいない。なんなんだ、この調子のよさは。と驚きあやしみ、はたと、酒、と思い至った。酒。

私には休肝日というものがなく、ともかく毎日飲んでいる。家で飲むときは一日にワイン一本、外で飲むときは計量不可。週末走る日の前にもきちんと飲んでいる。ハーフの大会前日もしっかりと飲んだ。おそろしいことに、中度の二日酔い程度ならばランニングはできるのだ。

それが今回、さすがにはじめてのフル、怖じ気づいた私は前日、一滴の酒も飲まなかったのである。もしや、一滴も飲まずに走ると、こんなにも気分爽快、喉も渇かず、上半身はデスクワーク状態なのだろうか。

20㎞地点通過。ブドウ糖摂取。水分をとらないと、乳酸が溜まってしまうと思い、喉は渇いていないがスポーツドリンクをもらって飲んだ。

日比谷を過ぎて、今度は銀座方面に向かう。有楽町を過ぎて銀座に向かう道は、応援の人たちがものすごく多い。あふれる人々の姿にびっくりするほどだ。そうして和光前を通るとき、私は応援にきてくれたマラソンチームの面々を見つけた。私は彼らに走り寄り、手を振った。みんな気づいて、ぱっと笑い、口々にがんばれと言ってくれた。すぐに通り過ぎてしまったのだけれど、泣きそうになって困った。走っていて、知り合いに応援されると、こんなにもうれしいと知らなかった。

銀座から日本橋を目指す。相変わらず上半身は疲れていないのだが、あまりの果てしなさに気が遠くなる。いったいどれだけ走ればゴールなのか、と。多くの応援客が、無料配布される折りたたみ可能の扇子のようなものを持っていて、この片面に「走ればぜったいゴールに着く」というようなメッセージが印刷されている。このメッセージに鼓舞される人もきっといるんだろうけれど、私はそれを目にするたび、「ああ、走らなければゴールに永遠に着けない……」と反語的にがっくりしてしまう。

浜町中ノ橋から浅草に向かう道は、退屈も脚の疲れもすっかり忘れるほどのすばらしさだった。走行道路の左右に、通行止めされた広い道路が広がり、そのまま走ると右手に金色の雲をのせたようなアサヒビールのビルが見え、それを過ぎると、にょっきりと建築中のスカイツリーがあらわれる。こんなに間近ではじめて見た私は、思わず、わああ、と叫び、そのまま口を閉じることができず走りながら見入った。ようやく前を向いてみれば、道の先に雷門がどーんとある。これまた、わああ、である。東京を走っているのだという実感は、新宿でも、銀座でもするわけだけれど、このスカイツリーと雷門が、私にとっていちばんぐっときた東京ポイントだった。

未知のゾーン「あと10km」。そこで生まれた複雑な気持ち。

雷門の真ん前では、芸者さんたちが太鼓を叩き歌をうたっていた。このあたりはものすごい人出。30kmでまたスポーツドリンクを飲み、ブドウ糖摂取。またしても銀座に戻るわけだが、また例の退屈につかまる。スカイツリーと雷門に感動したあとだから、よけい退屈に感じられるのだ。さて何をして退屈を紛らわせるか。歩道の応援旗や、前を走る人たちのTシャツを眺めることにした。

応援旗はなかなかおもしろく、「○○社長がんばれ」の旗がいくつもあり、応援客が多いのを見ると、会社ぐるみで応援にかり出されているのだなと思うし、「宏、完走を目指せ」と手書きの旗を持ってひとり立つ老紳士は、宏くんのおとうさんなんだろうなと感慨深くなる。「敵は自分の怠け心」と書いた旗を持って立っている人もいて、その文字にはぎょっとした。

ランナーたちのＴシャツの背面にも、さまざまなメッセージがある。いちばん多かったのは、「I'm running for」と印字されたＴシャツで、その下のスペースに手書きでめいめい何か書きこんでいる。ある人は「愛と平和」、ある人は「家族、子どもたち」、ある人は子どもたちの名前、ある人は「ニュージーランド地震の被災者、がんばれ」、ある人は「〇〇市の介護問題」。

それから、自作Ｔシャツの人もいる。「一歩ずつ進めば、かならず道は開ける」とか「還暦走、これからも走り続けます！」とか「やったるで」とか「ＦＵＮ ＲＵＮ」とか、印刷されている。なんというか、すべて前向きな言葉である。考えてみるまでもなく当たり前のことで、「これが終わったら二度と走りません」とか「早く終えて帰ろう！」とか「今すぐ地下鉄に乗ってビールを飲みにいきたい」とか書いたＴシャツをわざわざ作る人なんていないのだろうけれど、でも、みんな、えらいなあ。私のようにいやいや走っている人なんていないのだ。……と考えて、ふと、思う。違うかもしれない。みんな、いやでいやでたまらなくて、でもなぜか走っていて、東京マラソンにまで出場することになってしまって、それでやむなく、せめて前向きであるふりをしなければやっていられん、と思って、ポジティブな言葉を書いたTシャツを作ったのかもしれない。いや、きっとそうだ、そうに違いない。なんて考えつつ銀座を過ぎる。あと10km だ。

あと10km、と思うと、複雑な気持ちになる。もう32kmも走ったのか、という自分を賞賛したい気持ちと、それでもまだ、あと一時間以上も走らなければならないという落胆がない交ぜになった気分である。新富町を過ぎて、築地を抜けると、高速道路上を走る。私が走ったことがあるのは35kmまで。その先は、未知の世界だ。前の月にやはりはじめてフルを走った友人は、35kmを過ぎて急に脚が棒状になり、足の裏の感覚がなくなり、そこから先が必死だった、と語っていた。私もそうなるだろうかと、不安を覚えながら未知のゾーンに突入。

しかし、思いの外《ほか》、平気である。脚はたしかに痛い。テーピングした外反拇趾は、さすがにじんとしびれはじめている。脚の付け根も重たく痛く、大股では走れない。けれど相変わらず上半身はさほど疲れておらず、呼吸も苦しくはない。なんかおなか空いたな、と思うが、歩道から有志の人が差し出してくれているチョコやパンやドライフルーツをもらうほどではない。

それにしても給食、給水だけでなく、ものすごい数の人がボランティアスタッフとして働いている。みんな親切で、ほがらかで、いやいや走っていても、彼らに接触するたび、気持ちが明るくなる。

未知のゾーンでペース確認。ぜんぜんかわらず、時速9・2〜9・4㎞をキープしている。車道の標識に「豊洲」の文字が見えてきて、それに励まされて走る。しかしこのあたりの景色は、本当に近未来みたいだ。並ぶ超高層ビルが蜃気楼みたいに見える。ここまでくると、疲れて歩き出すランナーがずいぶん多く、歩く人と人の隙間をぶつからないように走るのに神経を使う。さらに、私も歩いてしまおうか、という誘惑が横切りまくる。でも、ここまできて、こんなにしんどい思いしてここまできて、歩いてたまるか、というこの気持ちはなんなんだろう、負けん気か、それとも節約根性か。ともかく私はペースを極端に落とすことだけは自分に禁じた。

東雲《しののめ》を過ぎ有明の標識が見えてくると、40㎞地点である。あと2㎞、という旗を持った人もいるし、あともうちょっと、と沿道の人々も叫んでいる。あと2㎞走れば終わる、本当に終わる、もう走らなくていい、と思い、一刻も早く終わらせたくなって、ほんの少しペースを上げようとして、急に脚に疲れがきた。そんなはずはないのに、太ももと太ももがバシンバシンとぶつかって、前に進めていない感覚を味わう。脚が倍の太さにふくれあがっている感じだ。

でも、でも、脚が2倍になろうと太ももが腫れ上がろうと、とにかくゴールにいかなくちゃ、終わらないのだ。しかし、幾度も標識に登場する「東京ビッグサイト」が、走っても走ってもあらわれない。角を曲がってその先にゴールがないと、心底がっかりする。なんか距離をだましていないかと、だれかを疑いたくなる。もうひとつ角を曲がって、左右に階段状の観客席があり、その先にようやくフィニッシュと書かれたアーチが見えたときは、「ああもう走らなくていい！」と、達成感より何より安堵《あんど》を覚えた。

私の前を走っていた数人は、ゴールを踏むとき、両手を挙げて輝かしく万歳をしていた。私はそれらをまぶしく眺めつつ、とてもそんな気力はなく、「ああもう走らなくていい、歩いていい」と思いながらゴールを踏み、ようやくスピードを落として、歩いた。ああ、歩いていい、歩いてもいい！　それだけがうれしかった。

私のネットタイムは4時間43分45秒。自分で想像していたより、うんと早い。しかしそんなことより何より、5時間近く、いっときも立ち止まらず、いっときも歩かず、走り通したことが自分でも信じられない。よくそんなことをやったものだと思う。こんなに走るのが好きではないのに。そしてちょっと自分で自分をえらいと思ったのは、

５㎞ごとのラップタイムがまったく変わらなかったこと。30㎞台が34分だが、あとはすべて33分台。これは単純に、うれしかった。自分の内の、不安や、焦りや、闘争心に、勝ったという証拠だもの。

その、信じがたきタイムをしみじみと嚙みしめ、そして私はまた複雑な気持ちになる。トイレもいかず、バナナもチョコレートももらわず、歩きもせずに走ってそのタイム、ということは、もし次回、一度でもトイレにいったら、一度でもバナナを食べたら、一度でも歩いたら、それより確実に遅くなるということではないか。私は永遠に、この初フルタイムと闘わなければならないではないか。そしてまたしても暗い気持ちになったのだが、しかし、あれれ、「次回」と考えているということは、また走る気なのか、私。

つくづく謎のスポーツである。

初フルマラソン タイム
４時間43分

2011 秋

8年続く、果てなき夢

スポーツクラブ

スポーツクラブって、やめるためにあるのではないかと友人知人の話を聞いていて思うことがある。じつに多くの人がスポーツクラブに通いはじめ、通いはじめるやいなや通わなくなり、「2カ月に一回しかいけなかった」、「1時間のトレーニングに月会費2カ月ぶんか……」などとつぶやき、それがさらに月会費半年ぶんの高額トレーニングになり、そうして、馬鹿馬鹿しい、とみなやめる。

多くの人に小憎たらしく思われるのを承知で書くのだけれど、私にはその経緯がまったくよくわからない。もっといえば、やめるために、なぜ入会するのかがわからない。

いや、もちろん、入会するときはいつかやめる日がくるなどとはだれしも思っていない。しかもメリットばかり頭に浮かぶ。理想的な体つきになって体力もついて、ヨガや太極拳も会費内で（つまりタダで）習える上、ジャグジーつきプールもあるし、サウナのついた広いお風呂もある。会社帰りに運動してお風呂に入ってくれば、水道代ガス代も浮くし、自分ちの風呂掃除も頻繁にしなくていいワー。

いや、そこまで考えるかどうかはさておき、でも、とりあえずプラス面をかき集めて、その面々に納得して、わくわくすらして、人はスポーツクラブに入会する。

スポーツクラブは進化している。今は精密な計量マシンに1分ほど乗るだけで体脂肪も水分量もはかることができ、筋肉量などは上半身下半身腹部とそれぞれに数値が出てくる。入会するとそうした計測がまずあって、どのようにしたいか、インストラクターに希望を伝える。下半身の筋肉を増やしたいとか、背中の贅肉をとりたいとか、何はともあれ体重を落としたいとか、はたまた増やしたいとか。

そうすると、それに沿った個別メニュウを作ってもらえる。理論も昔よりずーっと詳しくて、わかりやすい。大きな筋肉からまずは動かしていくこと。筋骨隆々になりたいわけではない場合は、軽い負荷の運動をたくさんこなすこと（負荷を重くして10回やるのではなく、軽い負荷で10回を3セット、とか）。動かす筋肉をイメージしながら運動すると、より効果的。脂肪を落とすには筋トレよりも有酸素運動がだいじ。でも筋肉がないと脂肪がつきやすい体になる。

そんなこともインストラクターは教えてくれる。しかも、そのインストラクターたちはつらつとしていて親切でやさしくて、どんなに馬鹿げたことでも訊けばなんでも答えてくれる。

これはだれしもが期待をふくらませるだろう。自分だけのメニュウを組んでもらった時点で、すでに理想体型を手に入れたような錯覚すら起こすに違いない。しかもインストラクターの説明によれば、数カ月に一度測定を行い、効果を見ながら、随時メニュウを変えていってくれるという。無敵ではないか！

入浴は精神的難易度が高い。

私がスポーツクラブに入会したのは8年ほど前だ。その少し前にボクシングジムに通いはじめたのだが、ごはんとビールが以前よりずっとおいしくなって、4kg太った。いかん、このままボクシングジムに通っていたらどんどん肥大していく、と焦った私は、仕事場の隣にあるスポーツクラブに入会したのだった。つまりジムで増やした体重をべつのジムで落とそうとしたわけである。この経緯を説明するとみな「？」という顔をするが、私は切実だった。

そうして先に書いたような説明を入会時に聞き、ひそかにガッツポーズをした。無敵だ、とまさに思った。4kgはあっという間に落ちるだろう。さらに理想体型になるだろう。

プログラムの多さにもわくわくした。ダンス、格闘技、マシンバイク、ピラティス、ヨガ。プールも見学して、空《す》いていることに安心したし、風呂場の広さにもうっとりした。サウナにも、水風呂にも。

しかし通いはじめてすぐ、ぜんぶは無理だ、と気づく。もらったマイ筋トレメニュウをひととおりこなしてからダンスレッスンに参加するとか、泳ぐとか、無理。しかも風呂場にうっとりした私だが、我に返ってみれば、大の風呂嫌いなのである。自宅ですら風呂に入るのが億劫だと思っているのに、スポーツクラブにタオルやボディシャンプーを持参して風呂に入るなんて、精神的難易度が高すぎるのである。

それでも、自分専用のメニュウがある。あれこれ欲張らず、これでがんばればいいのだ。

と、プログラム参加も風呂もジャグジーもそぎ落とす結果になる。そうしてマイ筋トレメニュウをひたすらこなすわけだが、多くの人はだんだん足を向けなくなる。1週間に一度が2週間に一度になり、それが1カ月に一度、2カ月に一度になり、年に一度になり、気がつけば、1回1時間半のメニュウが、年会費そのままの金額ということになっている。

入会時のわくわくまではいっしょだが、8年スポーツクラブに通っている私は、その「だんだん足を向けなくなる」のがいつごろなのかが、今ひとつわからない。理由はなんとなく推測できる。劇的な変化が短期間に得られないからだ。入会時にイメージした理想体型は、半年や1年で手に入らない。そう推測するのは、私が8年通いながら、未だ理想体型を得ていないからである。ちなみに、ボクシングジムに通いはじめてついた4kgは、わりとすぐに落ちた。これは運動の成果というよりも、運動量の激しさに慣れて、ごはんとビールの摂取量が通常に戻った故だろう。

4kg落ちた時点での測量時、私は筋肉量も水分量も体重も体脂肪率も、ほぼすべて、年齢性別の「標準」枠内であった。ちっ、つまらない人間だなあと思うほどの無個性な体だった。ただひとつ、私をイラッとさせたのは、腹部の脂肪だけ、標準を超えてプラスであり、腹部の筋肉だけ、標準を下まわってマイナスだったのである。私は腹部を標準に戻すためにがんばろうと決意した。

私がスポーツクラブにいく頻度は、週に一回程度。40分のマシンランニングを入れて、1時間半ほどのメニュウをこなしている。もちろん腹筋関係を鍛えるメニュウも、腕や脚などよりよほど厳しく組み込まれている。

1年に一度、計測しているが、しかし依然腹の脂肪は標準より多く、筋肉は下まわっている。

理由はかんたんで、週に一度の腹筋運動ではだめなのである。私はボクシングジムにも通っていて、そこでも腹筋はやっているが、週に2度程度の腹筋運動でも、やはりだめなのである。毎日、もしくは1日おきに、真剣に取り組まねばならないのだ。

しかしここで疑問が生じる。毎日、もしくは1日おきに、自宅でも腹筋運動のできる意志の強さがあれば、何もスポーツクラブに通わなくともよいのではないか。みんな、それができないとわかっているから、「それならせめてスポーツクラブで」と思い、入会するのではないか。

「せめて」と思ってスポーツクラブに入ったが、「せめて」の結果が出ない、出ないならやんなくてもおんなじじゃん、となり、足を向けなくなる、という図式だと思うのだがどうだろう。

私はスポーツクラブでは効果が出ないと言いたいのではない。「せめて」ではだめなのだ、本気でやらねば効果というものは出ないのだと思う。トレーニングによってこわされた筋肉が回復する3日サイクルでスポーツクラブにいって、ふたたび筋肉が破壊されるくらいみっちりトレーニングし続ければ、私の腹は標準値におさまるはずだ。

5年前から私はランニングをはじめた。「チームを組んで走っている友だちの飲み会に参加したい」という情けない理由ではじめたのだが、何ごとも、はじめてしまうとずるずるやめない習性を持っている私は、この5年間、雨降りでないかぎり週末はかならず走っている。最初は3kmしか走れなかったのが、3年後には18km走れるようになった。そうしてその時点で、スポーツクラブで計量してみて驚いた。脚の筋肉量が、標準を遥かに超えて多いのである。上半身や腕に比べて異様なほどの筋肉量。

そうなのです。スポーツクラブに頼らずとも、毎週末、18km、15kmと走る意志があれば、筋肉はつくのである。それは反対に考えれば、当然、そのようなことをしなければ筋肉量は増えない、というわけだ。

なんたる皮肉だろう。自分で毎日できないからスポーツクラブにいくのに、毎日がんばるくらいスポーツクラブでがんばらないと理想体型にはならない。

しかしスポーツクラブの身になって考えてみよう。「ふざけんな」というところではないだろうか。

自分で毎日本気ではできないから、「せめて」スポーツクラブに入り、週一回ちょろりと運動し、あービールビール、運動のあとはやっぱり酒がうまいワー、なんて居酒屋に直行しておいて、何が「痩せなーい」か。何が「筋肉つかなーい」か。何が「腹部が標準にならなーい」か。会員でありさえすれば、筋肉も体重も勝手に減ったり増えたりしてくれるとでも思うのか。寝ぼけんな。

というのが、スポーツクラブの正直な気持ちだと推測する。

現状維持という奇跡。

ところで理想体型にならないのに、私がなぜスポーツクラブに8年も通っているかといえば、入会時の過度な期待をすっぱりと捨て去ったからである。

腹の脂肪・筋肉の標準化は、3年目くらいであきらめた。だって毎日は腹筋をする意志の強さが自身にないのだからしかたない。体のほかの部位がすべて標準、無個性なのだから、腹は個性だと思うことにした。

そうしてみると、あらためて気づくことがある。8年間、腹はそのままだし、脚の筋肉はスポーツクラブ外で走ることでついたし、その他の筋肉量も体脂肪もさして変わらないが、この、変わらないということはつまり、現状を維持しているということで、それはもしかしてもしかすると、ものすごいことなのではないか。

8年といえば、30代の半ばから40代の半ば。これだけ加齢しつつ、しかも毎日毎日思う存分好き放題に酒を摂取しつつ、体重をはじめ、筋肉量水分量体脂肪が変わらないというのは、ちょっとすごいことなんじゃないか。スポーツクラブに通っていなかったら、ものすごい変化を体験しているのではないだろうか。

実際のところは、どうなのかわからない。スポーツクラブに通っていない同世代の友だちの体型が、この8年でさほどに変化したようには見えないし、現状維持することが実際にたいへんなことなのかどうかもよくわからない。でも、いいのだ。自分でそのように驚き、感心していれば。

私はじつはスポーツクラブに夢を抱いている。

いつかもっと年をとって、今ほど忙しくなくなったら、1日じゅうスポーツクラブにいる、というのがひそかな夢なのだ。朝9時にいって、マシンジムでメニュウをこなし、昼まで泳いで、お昼を食べて、午後は興味のあるプログラムに参加して、そのあとジム内にあるマッサージを施術してもらって、夕方おうちに帰る。そんな暮らしがしてみたい。

運動嫌いなのになぜそんなことを思うのか、自分でもよくわからない。わからないながら、そんなふうな暮らしがしたいなあ、と思っている。

きっとスポーツクラブというところは、そういうところなのだろう。運動の、得意な人よりむしろ苦手な人、好きではない人のなけなしの運動心をくすぐり、果てなき夢を見させるような、そういう場所なんだろう。

はじめてしまうと、ずるずる“やめない”習性を持っている私。
雨降りでない限り、週末は必ず走っている。

2011 冬
真に私が目指したものは

那覇マラソンその1

今年2月、はじめてフルマラソンを走った。東京マラソンである。驚いたことに完走できた。トイレもいかず、差し出される給食ももらわずひたすら走って、タイムは4時間43分。ゴールゲートを踏んだときの感想は「もう走らなくていい！」である。

それでマラソンが好きになったとか、フルがやみつきになったとか、そんなことはまったくないのだが、半年後の夏の盛り、那覇マラソンに申しこんだ。走りたい、というよりも、沖縄にいく理由がほしかったのである。

申しこんだものの、あまりの多忙さで実際にいけるかどうか、那覇に着くまでわからなかった。マラソンに向けての準備もほとんどできないまま慌しく那覇に着き、私がまず向かったのは、20年来の友だちが旦那さんと営む泡盛と沖縄料理の店。沖縄にいきたかったのは、この友だちに会いたかったから。

やがて明日走る知り合いの面々が、この店に集まってくる。飲む人飲まない人ともに乾杯する。私は「3杯だけ」とかたく心に決めて、泡盛のカクテルを飲む。ここに、この店の常連でもある写真家の垂見健吾さんが登場、いっしょに飲むことになった。那覇に住んでいる垂見さんは毎年のように那覇マラソンの写真を撮っているそうだ。

「一般の人がチョコとか配ってるけど、サーターアンダギー配ってたりするから気をつけて、あんなもの食べたら喉つっかえてたいへんだから」

「泡盛配ってる人もいるからね、水と間違えないように」

「ゴールでおじいがフリーハグしてあげるからがんばって走りなよ」

垂見さんの軽快なおしゃべりに私たちは爆笑しきり、おいしい料理をばくばくと食べ、明日の緊張もなんとなくほぐれ、「シメのカーボローディング」と言い訳するようにみんなで言い合って、この店の絶品沖縄そばを食べて解散。腹ぱんぱん。

さて翌日。那覇はからりと晴れた。集合場所にいってみると、すでに大勢の人。そうしてなんたることだろう、スタート・ゴール地点そばの広場に、ずらりと屋台が並んでいるではないか。焼きそば、お好み焼き、沖縄そば、ビール！　朝食なのか、すでに何か食べているランナーもいる。祭り好き、屋台好きの私はひそかに大興奮し、走り終えたらここで思う存分飲み食いしようと決めた。

8時20分には整列し、9時がスタートである。整列する場所でストレッチができるかと思っていたのだが、人でぎっちり、とてもそんなスペースはない。8時半にスタート近くまで列ごと移動し、時間は経ち、ああ、ストレッチもしないままスタートが切られる。

いじましく左手沿道を見る。

スタート地点は那覇空港近くの奥武山《おうのやま》陸上競技場前。先頭Aグループから整列し、私のFグループがスタート地点を踏めたのは、スタートしてから7、8分だろうか。しばらくは市街地を走る。いつも人でごった返している国際通りは、まだ開店準備中。お店の人たちが歩道や建物の2階の窓から声援を送ってくれている。耳にイヤホンをして音楽を聴きながら走っていたのだが、走りはじめてすぐに外した。聞こえてくる音がおもしろかったからである。太鼓の演奏、声援、スピーカーから大音量で流れる音楽。民族衣装に身を包み踊る一団があり、獅子舞とよく似ているがまったく違う、踊る龍の姿もある。

あれ、と思ったのは5㎞を通過してから。今回、給水の場所をなんとなく確認しておいて、意外に少ないと覚悟していた。けれど、左手にしょっちゅう給水場所が出てくる。

そうして気づいた。主催者による給水ではなく、婦人会や青年団や何かの団体などが給水や給食をしているのだった。水だけではない、給食がすごい。沿道にずらりと並ぶ応援客のほとんどが、何かしら差し出している。友人同士らしいグループだったり、商店のスタッフたちだったり、あるいは親族一同だったり、子どもたちとその親たちだったり、ときには、おばあさんがひとりきりだったりが、何かしらを差し出している。砕いた黒糖、バナナ、むいたみかん、チョコレート、スポーツ飲料、ゼリー飲料、一口大のおにぎり、等々。

東京マラソンのときは何ひとつ食べずストイックに走った。今回は何か食べてもいいんじゃないか。でも、選べない。それに、食べているあいだにタイムが遅くなるのも不安。結局、いじましく左手沿道を見つめながら走る。それにしても、人をかき分けてでも我先に走ろうとするランナーが、この大会ではほとんどおらず、道幅はとても狭いのだが、走りやすい。押されたり、ぶつかられたりするストレスがないのが、走っていて何より楽だ。

10㎞地点前後から、光景ががらりと変わる。建物がなくなり、空がすこんと一段高くなり、走る道の両側にきび畑が広がり、遠く、なだらかな山の稜線が見える。ああ、緑と空のコントラストがきれいだなあと思う。思いつつ、なんかしんど、と思う。

じつはここから折り返し地点まで、のぼりがやけに多いのだ。ゆるやかなのぼり坂だと、走っているぶんには「のぼりだ」と気づかないことが私にはままあって、このときも気づかず、なんかしんど、なんかしんど、と思い、その都度GPS付き腕時計でペースをチェックし、いい気になってスピードを出していないことを確認した。

しんどい。つらい。どんどん自分が重くなる。しかも、自分のどの部位が重いか、はっきりわかる。腹だ。腹だ。腹が重い。

じつは今回のカーボローディングの最後の3日間、私は自分が調子に乗っていることを自覚していた。前の日の飲み会もそうだが、おかずをしっかり食べたあとに「よし、カーボだ」とごはんや麺類を腹一杯食べていた。カーボローディングは「最後の3日間は〆に炭水化物」などという意味ではないのに……。実際、体重は増えてしまった。

ある程度のぼると、なぐさめるようにくだりがある。しかし、くだりでペースを出し過ぎるとまずいので慎重にならざるを得ない。のぼりもくだりもイーブンペース、というのが鉄則。

それにしても沿道の応援が途切れず、しかも、みんなの顔つきが本当にうれしそうだ。ハイタッチをしようと手をのばしたり、食べものを差し出す子どもたちの顔は輝いているし、ちばりよーと言う大人たちもみんな笑顔。腹は重いし、のぼりはきついが、彼らの姿を見ていると、がんばろうと素直に思う。那覇マラソンは、ランナーだけではなく、町の人にとってもお祭りなんだなあ。この大会に人気があるのが、よくわかる。17㎞地点辺りで左手に海が見える。ほっと気持ちがほぐれる。海は偉大だとつくづく思う。

後でコースマップを見て納得。10㎞地点から20㎞まで20から40ｍのアップダウンが続き、スタート地点と20㎞地点では１００ｍの高低差がある。けれどこの道が、コースのなかではいちばん自然あふれる箇所だ。草原で乗馬用の馬が草を食べていたり、突然牛舎のにおいが漂ってきたりする。沿道ではおじさんバンドがレゲエ演奏をしていたり、女の子がひとり三線《さんしん》を弾いていたりするのを見て、ああ、旅先で走っているんだなあと実感する。

その苦しい20㎞地点をなんとか過ぎて走っていると、ちょうど折り返し地点で前方に海がばあっと見える。これには「わー」と声が出た。このコースを考えただれかは、この前方に海が広がる地点を折り返しポイントとしてまず決めたのに違いない。「つらいけど、もういやだけど、那覇なめてたけど、あと半分がんばる」という気持ちにさせるのだ、この、海の眺めが。

折り返し地点を過ぎたあたりで、あるレストランが露店を出して、沖縄そばを配っているのに仰天した。しかも、みんな立ち止まって椀を受け取り、食べているではないか。そりゃ、私だって、食べたいですよ沖縄そば。ちょうどおなかも減ってきたし。でも、そんなに食べて、また走ろうという気になれるのだろうか。湯気を上げるそばとそれをすするランナーたちをいじましく眺めつつ通り過ぎ、私は小心すぎるかもしれない、と思う。

あれこれ食べたいのに、結局給水ポイントの水しかもらっていない。よし、何か食べものをもらおう。沿道に近づく。本当にいろいろなものが差し出されている。はじめて見たのがチューペット状のアイスだ。沖縄ではチューチューというのか、紙に書かれていたり、子どもたちが「チューチューどうぞー」と言っていたりする。これをひとつもらって、走りながら食べたところ、あまりのおいしさに気が遠くなった。

しお

これがもし泡盛だったら。

折り返し地点を過ぎるとくだりが続き、のぼりがあってもそう長くは続かない。25㎞を過ぎ糸満市に入ると赤瓦に白壁の、沖縄らしい家々が目につくようになる。そこから先はどこか懐かしいような商店街を走る。

30㎞からはアップダウンもほとんどなく、店や建物が増えはじめ、だんだん市街地に近づいていくのがわかる。チューチューで気をよくした私はまたしても沿道に近づき、差し出される食べものをじっと見つめつつ、走る。そうして見た。サーターアンダギーとロールケーキがトレイにのせられ、差し出されているのを。あったあった、垂見さんの言っていたとおり。たしかに体は甘いものを欲しているが、今食べたら喉に詰まってたいへんなことになろう。

コカ・コーラを配っている人、発見。吸い寄せられるように近づき、一杯もらって飲んだ。コカ・コーラなんてふだん飲まないのに、指の先がしびれるくらいおいしい。コカ・コーラ、こんなにもおいしいのか。そうして私は屋台村と化しているゴール地点を思い出した。あそこで冷えたサワーをぐーっと飲んだら、コカ・コーラの比ではなく、うまかろうなあ……。

38kmを過ぎた地点から、急に走るのがつらくなってきた。歩いてしまえ、という誘惑の声が心に響き渡る。でも、でも歩いたら、屋台村に着くのがどんどん遅れてしまう。一刻も早く私はあそこにたどり着きたい。まず何を飲もう。ビールか、酎ハイか、一気に飲み干して、それから何を食べようか、スペアリブを売っていたな、お好み焼きもあったよな、とそればかり考えて、痛みはじめた足を前へ前へと送り出した。

40kmを超えたところでは、あと2km、ではなく、まだ2km、としか思えず、景色を見る余裕もなく、朦朧《もうろう》とただひたすら、歩くようなスピードでゆるゆる走るのみ。驚いたことに、こんなにゴールが近くなっても、まだ飲みものや食べものが、応援客によって差し出されている。思えばスタートからゴールまで、途切れることなくそれらはあった。すごいことである。最後の最後に水……と、透明のコップに入れられて並んだ水に私はふらふらと近づき、それを配っている笑顔のおばさんたちの顔を見ていたら、またしても垂見さんの言葉を思い出し、「これが泡盛だったら私はここでぶっ倒れる」と思い、それもまた魅惑的だったのだが、水をもらわず、走り続けた。考えるのは、ひたすらに屋台。さあ、早くあそこにたどり着くのだ！

ゴールの陸上競技場に入り、少しでも速く、と思うのに、足が前に進まない。よろよろ、よろよろ、よろよろと走ってゴール。そのとき思ったこと。

「もう走らなくていい」

「いち早く屋台にいこう」

「ビールか酎ハイか」

達成感って、いったいどんな感じのものなんでしょうか。私がそれを味わうのは、いつなんでしょうか。

このときのタイム、4時間40分47秒。前回のフルより、3分タイムが縮まった。屋台効果ですな。

フルマラソン 2回目タイム
4時間40分

2012　春
酔狂に片足

高尾山トレイルランニング

トレラン、トレイルランニングという言葉を聞いたときは、もの好きな人がいるんだなあと思っただけだった。野山を歩くだけで疲れるのに、わざわざ走るなんて。

しかし、日が経つにつれて、「トレランってどんな感じなんだろう」「どのくらいの距離をどのくらいの時間で走るんだろう」という疑問がふつふつとわいてきた。この疑問を、もしかして人は好奇心と呼ぶのかもしれない。でも私にとってはあくまで、疑問。

そして最大級の疑問がある日、浮かんでしまった。「それ、果たして私にもできるのだろうか」この最大級の疑問が浮かぶと、解消せずにはいられなくなる。

そんな折、大学時代の先輩から「トレランやってみる?」と誘いのメールがきた。なんというタイミング。私たちは演劇サークルに属していた。稽古には身体訓練もあり、私はいつもどうサボるかしか考えておらず、嬉々として運動していたこの先輩を「体育会系の人」と思っていた。彼は今もバスケチームに属し、趣味でヒルクライム（山道で行う自転車・バイクのタイムレース）をやったりマラソンをしたりしている。

体育会系先輩と早朝8時に京王線の高尾山口で待ち合わせる。駅のわきのスペースでかんたんに着替え、高尾山に向けて歩き出す。ふだんならまっすぐケーブルカー乗り場に進むけれど、横道に逸れる。稲荷山コースというらしい。

高尾山って、ところどころに甘味処やお茶屋さんのある観光地とばかり思っていたが、少し逸れればこんなにふつうの山があるのか。知らなかった。「奥高尾」というらしい。

途中に展望スポットがあり、トイレや水飲み場がある。ここでストレッチをして、走りはじめる。山道である。数日前に、ものすごい台風があったのだが、大木があちこちでなぎ倒されている。折れた木が道をふさいでいるところもある。呆気にとられつつ、走る。

一丁平《いっちょうだいら》を過ぎて、小仏城山《こぼとけしろやま》山頂に向かう。城山山頂には私が抱く高尾山のイメージそのままの茶屋がある。時間はまだ10時半と早かったが、この先こういう茶屋はないと先輩が言うので、早めの昼食をとることにした。おでんを食べて、曇り空の下に広がる町並みを眺める。トレランって思ったより楽かも、というのが、このときの感想。急なのぼり坂や下り坂は走らず歩くし、こうして茶屋があるし、景色はきれいで空気が気持ちいい。

11時過ぎ、出発する。ここから先はなんにもないから水を買っておいたほうがいいと先輩が言うので、従う。これまでに二度、「この先は何もない」と私は聞いている。が、じつは聞いていなかった。こういうことはじつによくある。聞いて納得しているが、「でもまあ、何かしらはあるだろう」と勝手に思っているのである。この勝手な想像で、何度、手痛い目に遭ったことか。それでもなおらない。

キノコはお好きですか?

先輩の先導でここから南高尾のコースをいく。尾根道を走り、大垂水《おおだるみ》峠の先に、国道が走っている。それを渡ると南高尾になる。ここから大洞山《おおぼらやま》方面を目指すのだが、あれ、とようやく私は思い至る。なんだか人の姿がないし、自動販売機とか公衆トイレのある感じでもなくて、人の歩く道は整備されているが、それ以外はただの山。しかも、アップダウンがやけに激しい。さっきと同様、あまりにもきついのぼりくだりは歩くが、それ以外は走る。なんにもない山道を、ひたすら走る。最初は「最近読んでおもしろかった本」とか「マラソンをはじめた理由」とか、ぽつりぽつりと会話していた私たちであるが、私はだんだん息が上がって話すのがいやになり黙りこんだ。すると、自分の呼吸と枝や葉を踏む音しか聞こえない。注意しなければならないのは、折れた枝や根っこを踏まないこと。ずるりと滑って転びかねない。ふつうの道を走るより、ずいぶんと神経を使わなくてはならない。走るのにバランスが必要なのだ。

「巻き道」という言葉をはじめて知った。山頂にのぼらず、ぐるりとその周囲をいく道のことだ。大洞山、金比羅山、中沢山と低い山が続くが、私たちはその巻き道を走る。

ときどき、山登りの人がいる。年配の夫婦が多いのには驚いた。こんにちはー、と声を掛け合うのは山のぼりと同じだ。

途中、ものすごく見晴らしのいい場所があった。眼下に碧色の湖がひろがっている。曇り空が少し晴れてきて、湖と、その周囲のちいさな家並みが、ため息が出るほどうつくしい。ベンチもあり、ここでは多くのハイキング客が休んでいる。私たちもしばし休憩をとった。湖は津久井湖というらしい。

気を取りなおして、また走る。平坦な道が続くかと思うと、いきなりはげしいアップダウンになる。なんか疲れたな、と思うが、こんなにもなんにもないのでは、先にいかないいかぎりトイレにもいけやしない。先輩、あと３㎞くらい？　と訊くと、いや、もっとだろ、との答え。道に地図の描かれた木の看板があったので確認すると、３㎞どころではない、十数㎞ある。いきなりやる気が萎《な》える。

「それにしても、なんにもないですねえ、トイレとか店とかゴミ箱とか」と走りながら言うと、「だから言ったろう」と先輩。水だけは持っていてよかった。

ここから三沢峠に出るまでが、地味で、地味ながらきつくて、なんにも考えられなくなった。足を前に前に、ただ出すだけ。

きついのぼりくだりの場合、ふつうの山道と、階段状になっているところがあるのだが、この階段が異様につらい。段差に足を持ち上げるのも、カクカクと下りていくのもつらい。私は案内板があるたび近づいてそれを確かめた。こんなに走っているのに、高尾山口までのキロ数が、ぜんぜん減らない。それでも絶望的な気持ちにならないのは、木々の葉の隙間から落ちる陽射しや、陽を受ける木々や、ゆっくり晴れ渡ってきた空が気持ちいいせいだ。すごいな自然。

西山峠、泰光寺山と巻き道を走り、三沢峠に出る。ここにはベンチがあり、幾組もの人たちが弁当を広げていた。急激に腹が減る。城山湖が見えればゴールは近いと先輩が言い、よし、と気を引き締めて走るが、ぜんぜんゴールっぽくない。そのうち、ミニ公園みたいな開けた場所に出た。草戸峠というらしい。見晴らし台やテーブルがあり、ここでもまた、たくさんの人が弁当を食べている。ビールを飲んでいる人たちもいる。私たちもここで休憩をとり、水を飲む。そうしながら私は視線を最大限に動かして、目に入る弁当の中身をチェックした。唐揚げ、卵焼き、太巻き、焼売、おにぎり。いつもなら、唐揚げなどの肉系おかずにばかり目がいく私だが、このときは寿司やおにぎりばかりが目に入る。そうとう体力を消耗しているのだろうと自身に言い訳しつつ、だれか、おひとつどうぞと言ってくれないかなあといじましいことを考えている。

だれにも何もめぐんでもらえず、また走る。標識では駅まであと3、4㎞。本当にもうゴールなのだと思いきや、嘘だろ、と思わずつぶやいてしまうほどの激しいアップダウン責めがはじまる。歩いても息が乱れ、脛《すね》も腿《もも》も痛い。しかもさっきまで晴れていたのに、だんだん雲が空を覆い、薄暗くなってきた。私たちはもう言葉を交わすこともなく先を急ぐ。

アップダウンの激しい細い道の向こうに、人影がいくつか動き、ハイカーグループだろうと思いきや、近づいてみると、テレビカメラを持った人、音声録音マイクを持った人、あと数人がいる。なんだ？　と思いつつも通り過ぎようとすると、「ちょっといいですか」と声をかけられる。

トレランの流行について何か訊かれるのかな。マナーの悪さがもしかして問題になっているとか？　思わず身構えると、「キノコはお好きですか」と、インタビュアーらしき男性が私たちに向かってマイクを向けた。

へっ、キノコ？　「野山でキノコを摘んで食べたことはありますか」と、続ける。

「いやー、あんまり」「そういうことは……」と、口ごもる私たち。意味がわからない。テレビカメラは私たちに向けられている。汗だくで、肩で息をしている私たちに。

「山でキノコをとって食べる人たちのことをどう思いますか」質問は続く。山でキノコをとって食べる人たちって、どこにいるのだろう。流行っているのか。マナーが悪いのか。

「食べられないキノコもあるから気をつけたほうがいいですよね」私はへどもどと言った。

「おいしそうなのにかぎって、毒があったりするから」と先輩。なんで私たち、こんなにちゃんと答えているんだろう。

どうもありがとうございました、とていねいなお辞儀に見送られるようにして、再び走りはじめた。振り返ると、木々の向こうに、マイクを持って何か話しているインタビュアーと、それをカメラにおさめているカメラマン、ふさふさのついた棒状のマイクを傾ける音声係、しゃがんでカメラに写らないようにするスタッフの姿が見えた。人の姿のまったくない山中で、カメラクルーによるキノコインタビュー。まったくシュールな一幕である。

やっぱり酔狂だわな。

アップダウンがようやくなんとか落ち着くと、ある唐突さでもって視界が明るくなってくる。そして私は叫んだ。

家だ！　洗濯物だ！　道路だ!!

そう、ようやく高尾山口へと続くアスファルトの道路が見えたのである。確認すると、休憩も入れてだが、5時間ほど走っていた。フルマラソンより長いじゃないか。その間、人工物をほとんど見ていないせいで、道路も洗濯物も、家の庭にある焼却炉さえ、なんだかなつかしく目に映る。

駅のトイレで着替え、蕎麦を食べ、解散した。帰りの電車のなかで、私はひとりも

の思いにふけった。先輩のことを、学生時代から私は尊敬していたけれど、どこかで無縁さも感じていた。それは単純に、先輩が体育会系の人で、私がそっち方面にまるで興味がなかったからだ。先輩が、なぜ嬉々として体を動かしたり、体を動かすことについて延々と語ったりするのか私にはさっぱりわからなかった。それが今や、5時間もともに走るんだもんなー、縁というのは不思議なものだよなー、と、そんなことを考えていたのである。

翌日の筋肉痛はすさまじかった。フルマラソンだってこんなには痛まなかった、というくらい、痛い。尻や腿の前といった、ふだんは痛まない部位が痛む。ということは、トレランというのは、ランニングとは異なる筋肉を使うのであるなと、痛みに耐えつつも思う。

歩いたってしんどい山のなかを走るトレランって、やっぱり酔狂だわな、と思いながら、気がつけば私はインターネットでトレイルランニングの大会をさがしたりしている。

トレイルランは、たしかにしんどかった。酔狂だった。山にいきたいなら歩けばいい。おなかが空いたらおにぎりを頬張ればいい。缶ビールをプシュッと開けていいのだ。

でも、もしかして、ハーフマラソンやフルマラソンより私には向いているかも、とちょっとだけ、思ったのである。どこが向いているかというと、歩いてもいい箇所があるところ。いやべつに、だれの許可でもないのだが、アップダウンの激しいところや、ハイカー客で混んでいるところは、走ることは不可能だ。だから、歩く。この、歩いたり走ったり自在にできて、タイムを縮めることをさほど考えなくていいところが、気に入ったのである。自然の光景は気持ちがいいし。

しかしながら、ランニングはひとりでもできるが、私のような方向音痴がたったひとりで山道に入っていけるかとなると、これはまたべつの問題が発生する。練習はつねにだれかといっしょとなると、スケジュール合わせなどで面倒である。

さて、トレイルランに片足を入れた私、今後どうなるか。自分でもよくわからない。

2012 夏
マトリョーシカを目指そうか

代々木公園でヨガ

その日、私は二日酔いだった。なおかつ寝不足でもあった。

平日は、二日酔いでも7時に起きているので、午前11時の集合はまったくつらくないのだが、でも、二足歩行はなかなかに困難で、午前中の清潔な日射しには責められているように感じた。そして私たちがこれからやるのは、ヨガなのである。前日、午前3時まで飲んでいたことを悔やみつつ、集合場所である代々木公園に向かった。

集まった面々は、このページの担当者、彼の中学時代からの同級生（ヨガ歴が長い）、デザイナー氏、その助手、そして写真家の川内倫子さんとそのアシスタント嬢。

この面々で、ヨガの先生にプライベートレッスンをしてもらうのである。

ヨガは、友人に誘われて一度だけ体験レッスンを受けたことがある。ホットヨガである。このときの感想としては、

「伸縮のきかないナイロンジャージだとつらい」、「私はバランスが悪い」、そして「呼吸が下手だ」ということだった。

じつはこの体験前、私はプラスマイナス両方の偏見をヨガに持っていた。

プラス偏見は、体にいい、というよりも、体の奥の奥にまでいい、というもの。東洋医学と何か密接なかかわりがあるような気もしていた。たんに痩せられたり、バーン（胸）キュッ（腰）バーン（尻）になれる、というのでなく、睡眠不足や便秘や生理不順が解消される、などといった効果があるような気がする。

マイナス偏見は、ヨガを熱心にやればやるほど、何か盲信状態のようになるのではないか、ということ。信じる対象は今ひとつわからないが、宇宙とか、自分を超えた存在とか、ニューエイジ的なもので、そうしてそれが極まるとみんなベジタリアンになる。酒も飲まなくなる。そしていつしか、肉好きや酒飲みを憎むようになる。

ホットヨガの体験レッスン一回でわかったのは、プラス偏見はなんとなくただしいらしい、マイナス偏見はたしかに偏見だろう、というようなことだった。

そんなわけだから、ヨガにたいする私の印象は以前よりいいものになった。

友だちはそのレッスン後、本格的にヨガをはじめた。私もやろうかどうしようか、ずいぶん悩んだ。スポーツクラブをやめてヨガスタジオに通ったほうがいいのではないか。

だって、宇宙とかかわりを持たなくてもいいようだし、肉断ちしなくてもかまわないのだし、酒飲みを憎まなくてもいいのだ。いいことばっかり。やらないどんな理由があろう。

しかし結局、ヨガをはじめることはしなかった。魅惑的なヨガであるが、実際はじめるとなるとなんとなく覚悟がいる。何にたいする覚悟なのか、自分でもよくわからないのだが。

やわらかくなるのかな。

そんなわけで、今日は人生二度目のヨガなのである。

先生と落ち合い、平らな芝生をさがしてヨガマットを敷く。先生のまねをして、あぐらをかき、両手を膝にのせる。ゆっくり呼吸。

「鼻からいーっぱい吸って体いっぱいに新鮮な空気がいきわたるように。もっともっと吸ってください。そして鼻からゆーっくり吐いてください。もう一度吸いましょう。体と心がひとつになっていくように」と、先生。

ああ呼吸。私の苦手な呼吸。

呼吸が苦手、というのもへんだけれど、いろいろな呼吸法がある。腹に空気を入れる腹式呼吸も私は下手だった。先生の言葉のとおり、いーっぱい吸いこむのだが、私はどうも「体いっぱいにいきわたらせる」という感覚が、わからないのだ。まだ、まだいきわたっていない、と思っていると、次第に体の節々が痛くなってくる。そして息を止めてしまう。そしてゆーっくり吐いているつもりでも、すぐに吐ききってしまい、また体の節々が痛くなって息を止めてしまう。

これではX線検査のときといっしょだ、新鮮な空気が満ちていない、と思いつつ必死で吐いたり吸ったりする。必死であってはいけないのだろうけれど。

あぐらをかいた状態から、片足をもう片足の膝にのせて体を曲げたり、脚を交差させて腰をひねったり、脚を縦に開き片膝をつき背中をのばしたり、ゆっくり動いていく。ヨガ、というとどうしても、何かポーズを決めてストップ、またポーズという印象があるのだが、今回の動きはストレッチのような感じ。前に体験レッスンを受けたときは「痛い」、「できない」、「ぶるぶるする」と思うことが多かったのだが、今回はそんなこともない。きっと先生が初心者用にプログラムを組んでくださったのだろう。

先生は幾度も「体と気持ちがひとつになるように」「自分のペースで」とくり返す。

私はそのたび、呼吸に注意する。気がつくと息を止めているのである。

身体を縮めるときに吸い、のばすときに吐くようである。息を吐きながらのばしていると先生が「もうひとつ、もう一歩前にいくように」と言い、その都度さらにのばすと、ちゃんと前よりのびる。とはいえ、もちろんそんなにはのびない。自分の体のどこがかたいか、動いているとよくわかる。股関節がかたい、腕の付け根がかたい、体《たい》側《そく》がかたい。先生の動きをまねしても、おなじようには決してできない。でも、二度目が一度目より遠くにのびるようになると、ほんの少しうれしい。これ、続けていたらもっともっとやわらかくなるのかな。

先生の動きは驚くほどなめらかである。うつぶせになったところから腕で上半身を起こし、両手の真ん中に右足を置く、というような動きを、すーっすーっと泳ぐようにやる。私がやるとどうしても、「おいしょ」、「よっこいしょ」、「よっこらしょ」と、段階的になるのだが。

それにしてもなんとすがすがしいのだろう。葉をみっしりとつけた木々、その合間から落ちて模様を作る木漏れ日、すこんと晴れた空。土と草のにおい、鳥の声。

公園では、幼稚園か保育園の子どもたちが先生たちと遊んでいる。弁当の時間になり、みんな芝生に座ってお弁当を広げている。それをねらって木々からじっと見ているカラスを、枝を投げて先生が追い払っている。子どもたちの澄んだ声が聞こえてくる。

そんななかで寝そべり、体を折り曲げ、空を仰ぎ、体のあちこちをのばしている。なんと贅沢なことだろうかと思う。

先生が「自分のペースで」と言ってくれるおかげで、どんなポーズも、痛い、つらいということはないのだが、ひとつ、「こ、これはきつい」というものがあった。仰向けに寝て、両足を空に向かってあげ、そのままもっとあげていって、腰を手でおさえ、肩で体を支えるポーズだ。これ、私は昔に遊びでよくやっていた記憶がある。だから、頭ではできると思っているのだが、体がそこまでついていかない。自分の体が思いの外重く、肩で支えるのがつらい。ぶるぶる震える。

うつぶせになって、両手をついて背中をのばし、ぐーっと上を見るポーズから、お尻を突き出して脚を立て、逆V字を作るダウンドッグというポーズがある。開いた両脚のあいだから、私の後方にいるデザイナー氏が見える。デザイナー氏にはこのポーズがつらいらしく、まるで生まれたての子鹿のようにぶるぶると震えている。なんてかわいらしい姿。自分もついさっきぶるぶる震えていたことなどすっかり忘れて、ついつい、笑ってしまう。

ちなみに、あとで聞いたところによると、デザイナー氏は腰を悪くしていて、このポーズがたいへんにしんどかったそう。笑ってごめんなさい。

そろそろ終盤、というころ。仰向けに寝て、脚を曲げ、菱形を描くように足の裏をぴったりつけて、両手を広げてゆっくり呼吸、という動きになった。目を閉じて、ゆっくり呼吸してください、体と心がひとつになるように、と先生。

目を閉じる。土のにおいと子どもたちの声、鳥のさえずりがさっきより少しだけ強くなる。なんと気持ちがいいんだろう！　ほかのポーズの時間よりももっともっと長い時間、私たちはその格好で目を閉じていた。

先生の合図で目を開け、またべつのポーズに移る。が、私の隣にいたアシスタント嬢は目を閉じたまま。さっきのポーズのまま寝てしまったらしい。わかる。そのくらい気持ちがいいもの。両手を広げ、足裏を合わせて眠っているその姿がすでに、見ていて気持ちがいい。

そして最初と同じ、あぐらをかいて両手を膝にのせるポーズ。ゆっくり呼吸。呼吸は結局、まだ下手なまんまだ。

これで終了。一時間強のレッスンであった。

終わってみると、二日酔いも眠気も、すっかり消えていた。

先生は、ヨガの時間を、自分と向き合う時間、リセットする時間と言っていた。うーむ、その言葉がまた魅惑的ではないか。

ヨガにまつわる奇妙な覚悟。

レッスンからの帰り道、やっぱりヨガをやろうかどうしようか、また私は考えた。ボクシングやランニングが動のスポーツだとしたら、ヨガは静だ。これから中年域の奥深くに入っていく私には、静も必要なのではないか。というより、ヨガこそ中年にふさわしいのではないか。私の友人は、ヨガをはじめて体調がすこぶるよくなったと言っていた。10kg痩せたと言っていた人もいる。私のプラス偏見は事実だったのだ。ヨガと体がどのように連動し、なぜ不調だった生理が順調になったり、免疫力がついたり、痩せたりするのか、私にはよくわからないけれど、自分がやってみればそんなもろもろを実感できて、理解もできようというものなのではないか。

ヨガをやっている人たちを思い浮かべてみると、なんとなく「ヨガ体型」というものがあるように思う。骨張っていなくて、丸っこいのだ。その丸みは、いわゆるぽっちゃりというのとは違う。マトリョーシカみたいな感じ。私もマトリョーシカをめざそうかな。

さて、それから数週間たっているが、私はまだヨガをはじめていないどころか、スタジオをさがすこともしていない。先にも書いたこの奇妙な「覚悟」の正体は、ヨガの曖昧さに向き合えるか、ということではないか。

ヨガは、そのポーズができているかいないか、わかりづらい。勘のいい人ならすぐに「できない」とか「あっできた！」とわかるのだろうけれど、私のように体にかんして鈍《にぶ》チンだと、よくわからないのだ。初心者だから、もちろんできないのである。でも、できているように思えるポーズもある。

しかし、それが本当にできているのかいないのか、わからない。苦手な呼吸も、苦手ながらなんとかできているのかいないのか、わからない。自分のなかに確固とした「できた」感覚がないと、なかなかとらえられない。しかも「自分のペース」に甘えていいのはいつまでなのか。

ランニングはわかりやすい。３㎞しか走れなかったのが、10㎞走れるようになれば、「できた」感が数字でわかる。ボクシングはそれよりはわかりづらいが、でも、ミットを打ったときの音で「今の、できた」ように思える。テニスやバスケットボールなど、点数に関わるものはもっとわかりやすいだろう。

ヨガはその逆、まったくわからない。やっていればわかるようになっていくのかな。でも、どのくらいすればわかるようになる？　そのころには体もやわらかくなっている？　と考え出すと覚悟ができない。だれか、私にヨガのよさを力説してくれないだろうか。

2012 秋
トレイルラン
二回目の真実

大岳鍾乳洞トレイルラン

どうにかなっちゃうんじゃないかというくらい忙しかったある月、担当編集者W青年からメールがあり、締め切りが近いがどんな運動をしますか、と書かれている。そうだった、中年は体育をしなければならないのだった。Wくんが、こういう催しがありますよ、と教えてくれたなかにトレイルランの講習会があった。やりたいとか、やりたくないとか、できるとか、できないとか、深く考えず、ただ体育をせねばという使命感のみで申しこんだ。

講習会をしてくれるのがどのような団体なのか、そもそも講習会とはどんなものであるのか、まったく理解しないまま、ホームページに掲載された案内のとおり、朝8時半、JR武蔵五日市駅に向かった。ランニングウェアの男女がちらほらと見受けられる。彼らの向かう方向についていき、受付をすませる。名札をもらい、自分であだ名を書き入れる（私は恥ずかしいのでただカクタと書いた）。主催者の女性が、かんたんな食事と、500㎖のペットボトル3本の水分を各自用意するようにと念を押す。2本でいいのではないか、荷物重くなるし、と思っていた私は、受付締切時間が近づくにつれだんだんとこわくなり、もう1本至急買い足した。

さて、申込者全員が揃ったところで、バスに乗る。けっこうな数の参加者がいることにびっくりだ。30代とおぼしき男女が大半だが、40代、50代に見える人もいる。カップルの人も、女の子3人グループもいるが、私のようにひとり参加の人も多い。バスで隣り合ったひとり参加の女性に訊くと、彼女はこの団体が主催するべつの講習会に何度か参加しているという。

「大岳鍾乳洞入口《おおたけしょうにゅうどう》」でバスを下車。このバス停のすぐそばに養沢神社《ようざわじんじゃ》という名の神社があり、その境内でみんな輪になる。主催者の人たちと、共催しているスポーツメーカーの社員数人、そしてナビゲーターがそれぞれ自己紹介をする。ナビゲーターの方はその世界ではたいへん有名なトレイルランナーの方らしい。富士山麓を一周、156kmの距離を、制限時間48時間で走る、それはそれはおそろしいウルトラトレイルランという大会があるのだが、今年の大会では5位になったという。すごい。

それから参加者も手短に自己紹介をし、コースの説明などを聞き、ストレッチをし、スタートしたのは11時前。この神社の裏手から山に入っていくのだが、道幅が狭く、みんな順番を譲り合ってなかなか先に進まない。走るのにあまり自信のない私も、先頭など走りたくないけれど、猛烈せっかちなので譲り合いつつ数分でもその場に居続ける、ということがじりじりしてできない。私はナビゲーターのすぐ後ろに続いた。そしていきなり後悔。だって、ものすっごいのぼりなのだ。走るどころではない。両手を用いて進まねばならぬ、まさに山登り。ようやくまっすぐ立って歩ける場所に出るが、これまた、けっこうなのぼり坂。息が切れる。ふつうに歩くのもしんどい。が、くねくね道が細いので、のたのた歩いていると後ろが詰まってしまう。ほらね、だから譲り合わないで先にいくべきなんだよ若い人は……と思いつつ、わきによける。男子数人がのぼりを駆け上がっていく。ひー。

苦行の道だとわかっても。

最初のような、全身使ってのぼらなければならない激しい傾斜ではないものの、ずっと、ずーーーっとのぼりが続く。傾斜がゆるやかならば少しだけ走るが、ほとんど走ることができない。自然と参加者たちの差が開く。体力のある人たちは先頭に、まったくはじめての人たちは最後尾に。引率チームはものすごくきちんとしていて、実力の差ごとになんとなくグループを作らせ、グループごとに引率者がつき、参加者たちと談笑しながら、だれもはぐれたり、ひとりで道に迷ったりしないように注意して走っている。そうして先頭グループは適当なところで休憩しつつ、最後尾の姿が見えてくるのを待つ。

　私は真ん中くらいのグループで走っていた。ぜーぜーのぼっていくと、先頭グループ、その次グループが休憩している。たのしげである。彼らに追いつき、私たちも休憩。こまめに水を飲む。先頭グループがまた出発、私たちは最後尾を待つのだが、だんだん、寒くなってくる。汗で濡れたウェアが冷たくなってくるのだ。最後尾が見えてきたときは、足踏みするくらい寒くて、先にいけるのがうれしく思える。まだのぼりは続く、苦行の道のりだとわかっていても、寒すぎて先にいきたいのである。

　高岩山を過ぎ、その先の上高岩山の頂に着いたのは12時半ごろ。ここに東屋があり、着いた人からベンチに腰掛け、昼食となる。東屋では山登りの女性たちが、タッパーに入った弁当を分け合って食べている。いいなあ。私もそういう、おかずとごはんの食事をしたい、と思いつつ、持参したおにぎりを食べる。コンビニのおにぎりである。トレラン参加者が食べているのはみなこういうおにぎりとか、サンドイッチといった携帯食。唐揚げ弁当を食べていたりする人は、まずいない。

そうしてこの昼休憩で、私は思い出した。自分がたいへんな人見知りであることを。ふだん、見知った人に囲まれているから、忘れているのだ。みんなすぐに打ち解けて、隣り合った人同士、昔からの知り合いのように話している。私は酒も入っていない状態でそんなことはとてもできない。30人ほどの見知らぬ人たちのなかで、私はだれにも話しかけずぽつねんとおにぎりを食べた。全身から「話しかけなさるな」オーラが出ていたのか、ほかの人も話しかけてくることはなかった。

30分ほどの昼休憩ののち、また先頭グループから出発。ようやくのぼり一辺倒の道ではなくなり、ごくふつうに走ることができる。周囲の景色を見る余裕も生まれてくる。

斜面の途中にある、人ひとりが通れるほどの細い道は、左手の急斜面に足を滑らせ落下しそうでこわいが、木々のなかの平坦な道になると、気持ちがスカーッとする。右も左も生い茂る緑、緑の隙間から見える山々、細い道に落ちた葉、そこに点々と降り注ぐ日射し。上を向けば木々のずっと奥に青空が広がっている。はうー、なんと気持ちがいいのか。やっぱり、ロードを走るより私にはトレランのほうが向いているかもしれない。むしろトレランが好きかもしれない。

そう思うやいなや、気持ちのいい道は終わり、だんだんと岩場が増えてくる。岩場は慎重に進まないと、足を滑らせる。しかもまたのぼりが増えはじめる。イタリアで山に登ったときに教わった「フェラータ」（危険な岩場に打ちつけてある鉄の鎖。日本語での呼び名を私は知らない）まである。「あそこまでいくのよ」と主催者のひとりに言われて顔を上げると、はるか彼方に四角い建物がある。ぎえー、と思わず声が出る。だいじょうぶ、遠く見えるけど、近いから。とのこと。よくいるよなあ、2㎞の道のりを「ちょっとすぐそこ」とか言う人。「2分でいける」と言った場所まで15分歩かせる人。などと思いつつ、でも、いかなきゃ帰れないもんなと、のろのろ走り続ける。

はるか彼方の四角い建物にたどり着いたのは、1時半を過ぎたころ。あれ、上高岩山から約1時間か。さっき感じたほど、遠い道のりではなかったのだなと、疑いを持ってしまった主催者の方に心のなかで詫びる。ここには大岳神社と、トイレがあり、開けた場所になっている。山登りの人たちが神社にお参りしている。私もお参りしたいが、すでに疲れて神社までのぼっていく気力がない。

そうして気づく。「私はトレランが好きかもしれない」の、からくりに。

体育会系先輩に案内してもらい、はじめてトレランをしたときもそうだった。のぼりやくだり、細い岩場や階段状になっている道が、つらい。走ってもつらいし、走らず歩いてもつらい。と、に、か、く、つらいのである。だから、平坦な道で、しかも緑のきれいな景色をほんの少し走ったときに、今までつらかったぶん、気持ちがスーッとするのだ。いつものペースで走れて、しかも、のぼったりおりたりしない、腿の裏やアキレス腱やふくらはぎが痛まない、息が切れない、と体が気づき、「トレラン、バンザーイ」となるが、そんなのはトレランのほんの一部。言ってみれば、ご褒美。ご褒美に目がくらんで、あの長く、つらいばかりのアップダウンに耐えているだけだ。私が好きなのは、このご褒美部分だけ！　トレラン二回目にして悟った真実である。

なぐさめるような笑顔。

大岳神社でのトイレ休憩が終わり、またしても冷え切った体で、走り出す。ここからが、馬頭刈山《まづかりやま》尾根である。そんなに急ではないが、アップダウンが細かく続き、しかも道幅が狭く、さっきの「はうー、気持ちいい」はもう終わり。けれどその「はうー」が忘れられず、少しくだりになるとつい走ってしまったりする。くだりを勢いつけて走っていたら、短パンがどんどんずり落ちてきて、でもサポートギアをはいているから感触ではわからず、「短パンずり落ちてます」と女性の方に教えてもらった。

「ああっ、なんてこと」とずりあげる。「きゅっとしばっとかないと、くだりで落ちちゃうんですよね」と、彼女はなぐさめるように笑顔で言ってくれた。私の短パンは、きゅっとしばるひもが、なくなってしまったものなのだ。やむなく、サポートギアのウエスト部分に挟みこむ。

途中、道の左手に切り立った岩場があり、その岩に人がはりついているので驚いた。ロッククライミングの人か。山道を走ったり、岩を登ったり、人はどうしてそういうことを思いつくのだろうなあと思いつつ、通過する。それにしても長い。尾根は終わらない。鶴脚山《つるあしやま》、馬頭刈山、光明山と表示があるたび驚く。いったい何個山をのぼったりおりたりしているのか。

光明山を過ぎるとくだりが多くなり、のぼりより楽なはずなのだが、このくだりがべらぼうにきつい。山道ならまだいいが、階段状になっているところがいくつかあり、その一段一段の高低差がまちまちで、脚にどんどん負担がかかる。ぱんぱんになっていくのがわかる。しかも、膝がちりちりとかすかに痛む。私以外のみんなは、それでもまったく疲れていないように見える。

ゴールまであと2㎞ほど、というところが、いっちばんつらかった。膝が本格的に痛み出したのである。走るのはとても無理、脚を引きずり引きずり、歩くのがやっと。

後ろにいた引率者のひとりが「無理しないで、自分のペースでいってください」と言ってくれるのだが、自分のペースでもつらい。馬車とかきてくれないだろうかと本気で思う。

車道が見えたときは、うれしいとか、終わったとか、もう何も思わず、駐車場のコンクリートの上にごろーんとのびた。脚はぱんぱん、膝はぎちぎちである。水は3本ぜんぶ飲み干していた。買い足しておいてよかった。ここで16時半。5時間半ほど走ったわけだ。

ゴールには「瀬音の湯」という温泉施設がある。お土産売り場もお食事処もある。けれど私はそのどれにも見向きもせずに、主催者の方々と引率者の方々に礼を言い、バス乗り場に向かった。汗みどろでくたくたで、温泉に入ればさぞや気持ちがいいだろうに、脱ぐとか着るとか、しゃがむとか、そんなこともできそうにないのであった。

はたして私はトレランが好きなのだろうかと、武蔵五日市駅に向かうバスのなかで首をかしげた。ただ、歩くだけでもいいのではないか……。今度は純粋な山登りをしてみようかな……。でもつい走ってしまうかもしれない……。中年域にさしかかりつつ、私は自分がよくわからない。

2012 冬
悲劇というか
試練というか

荒川30Kと那覇マラソンその2

昨年、大会の雰囲気があまりにもすばらしく、ともに走った友人たちと来年も走ろうと約束した那覇マラソンに、今年も申し込んだ。

フルマラソン前の練習として、大会の一ヵ月以上前に一度、3時間走ることと私はランニングの先生（と勝手に思っている整体師さん）に教わった。那覇マラソンは12月。10月末までに、長距離ランをせねばならないということになる。

荒川30Kという大会があることを、ラン友だちが教えてくれて、いっしょに申しこむことにした。大会なら無理矢理でも3時間走らねばなるまい。

この大会、参加してはじめてわかったのだけれど、冬に多いフルマラソンのための練習用大会なのだ。参加者は事前に自分の走るペースを申請し、そのペースごとにグループになって走る。30秒ごとに区切られたグループの先頭には、主催者側のランマスターの人たちがペースメーカーとして走る。

私のペースはだいたい1kmを6分30秒～7分である。が、書き間違えたのか、それともっと厳しく自分を鍛えねばならんと思ったのか、数カ月前の申しこみ時に私は「5分30秒」で申請していた。とうぜん、5分30秒のグループに入る。スタートしてからも、私は自分が間違ったペースを申請していたことに気づいていなかった。

川沿いを、ひたすら走る。最初は川が見えていて、晴れて澄んだ空も高く、気持ちがよかったのだが、だんだん退屈になってくる。

10km通過。GPS時計で確認すると、ちゃんと5分台のペースで走っていて、10kmで55分ほどである。自己最高記録だ、とうれしくなりつつ走り続けるが、15km過ぎで急にしんどくなってきた。それでも必死で時計を確認し、6分未満のペースを乱さず、できるだけ5分30秒になるように走った。

20km、1時間45分ほどで通過。すごいっ。これまた自己最高。このままでは30km、3時間以内で走ることができる！　ってことは、次回フルマラソン、ものすごくタイムが縮んで、4時間ちょっとでゴールできるかも……。体はしんどいながらも、頭のなかはぱーっと花が開いたようになる。

が、21kmを通過すると、もう苦しくて苦しくて、それに加え、外反拇趾の右脚が痛んで痛んでどうにもしようがなくなった。ここで歩いたら気持ちいいだろナー、と誘惑の声が脳内にこだまする。そしてついに25㎞を過ぎたあたりで、その声の誘惑に負け、私は走るのをやめて歩きはじめた。ああ、なんて気持ちがいいんだろう！　走らないって、なんてすばらしいことなんだろう!!　と思う一方で、すさまじい敗北感と罪悪感の嵐である。今まで、泣くほどつらかったどんな大会でも私は一度として歩いたことがなかった。それが今、歩いている。30㎞3時間なんて無理じゃん。——あれ？　なぜ10㎞目も20㎞目も自己新記録だったんだ？　あれ？

階段で足をすべらせて。

ここでようやく私は気づいた。５分30秒ペースは、私には速すぎたのだということに。間違ったのか、鍛えようと思ったのか、その理由が、しかし思い出せない。でも、今なぜ歩いているのかは、よくわかった。ばてたのだ。飛ばしすぎたのだ。

１㎞ほど歩いて、さて、と走りはじめるも、いったん歩いてしまうと、もうその心地よさが頭から離れない。歩こうよ、気持ちいいよー、その声は何十倍にもなってわんわんと反響している。右脚はもはや倍の大きさにふくれあがったかのように痛む。結局走っては歩き、歩いては走ってまた歩き、とずるずる進んで、29㎞を示す旗を持ったボランティアの女性が「あと1㎞、がんばれー」とちいさく言ってくれたのを励みに、最後だけ走った。

30㎞、3時間8分。それでもまあ、3時間走った、フルへの練習はこれでよし。あとは週末、いつも通り10㎞、15㎞程度走ればヨシ、完璧。と、考えていた。甘かった。

30㎞を走った5日後の雨の日、あるビルの階段で足をすべらせて落ち、腰を強く打撲したのである。当日は車椅子、その後数日松葉杖といった状態で、そののち、歩けるようにはなったものの、腰はずっと痛いまま。10日経っても、20日経っても、痛い。走ることがまったくできない。なんと、一カ月経っても、まだ痛い！　もちろん、痛みの程度はだいぶ薄らいだが、走るとずきずきする。

そうして那覇マラソンの一週間前になって、ようやく10㎞走れるようになった。30㎞ランからまったく練習しないまま、鈍い腰の痛みを抱え、私は那覇マラソン当日を迎えたのである。……が、悲劇はそれだけではなかった。

大会当日は雨。私は晴れ女なので、自分の参加するイベントに雨が降るかもしれないと思ったことが、ただの一度もない。とうぜん、カッパも防水ウェア・撥水ウェアも持っていない。しかも、小降りの雨ではない、ごくふつうのざーざー降り。スタート前に友人が透明の雨ガッパをくれて、あわてて着こんで列に着く。ストレッチも何もしないまま、雨に濡れ、スタートの号砲を聞く。

スタートから10分ほどで列が動きはじめた。昨年と同じスタート地点から出発し、国際通りへ向かう。雨はどんどん強くなる。顔にばしゃばしゃとあたるのを、拭いつつ走る。嘘でしょ？　雨って、そんなの、ありえないでしょ？　と心で叫びつつ、走る。

荒川30Kのあのつらさが、走っていると自然に思い出され、ペースをとにかく速くしないこと、と幾度もGPS時計で確認する。雨で疲れるだろうから、いつもより遅くなるよう、1km7分に合わせて走る。いや、じつのところわざわざ足をゆるめなくとも、道は混んでいて、人を抜かそうとしなければだいたいそのくらいのペースになる。

それにしても、雨である。雨ガッパの袖口からも雨が入り、手を下にすると水がちょろちょろ流れてくるほどの降りだ。歩道で応援してくれる人も昨年より少ない。

全身濡れているからか、喉もまったく渇かず、気づけば10kmを過ぎている。しかし私ははたと思った。雨ガッパを着ているということは、サウナに入っているのと似ていて、ふだんより汗をかくのではないか？　ということは、こまめに水分補給をしないと、たいへんなことになるのではなかろうか。

11㎞を過ぎたあたりから給水所を見つけるたび、水を飲んだ。本当はスポーツドリンクがほしいのだが、水しかないのである。昨年は一般の人がこれでもかというくらい、飲みものや食べものを配ってくれていたが、今年はバナナとみかんくらいしか、見ていない。

15㎞を通過するころ、ようやく雨脚が弱まり、雲の向こうに太陽がのぞきはじめた。「あ、晴れた」「やむ、やむ」走っているみんなも口々に言っている。そうだよ、早く晴れてくれ、と私も心のなかで祈る。いや、晴れなくとも、雨さえやめばそれでいい。このあたりから、沿道の人たちが増えはじめた。黒糖やチョコレート、飴、飲みものを差し出している。ちいさな子どもたちはハイタッチをしようと手のひらを広げて待っている。歌や踊りのグループも出てくる。

ところがなんとしつこい雨。弱まってもやまないどころか、数分後には、太陽の光を消し去るかのごとく、ばらばらと降りはじめる。

それでも沿道の人たちは、帰らない。傘をさして応援してくれている。傘もささず、びしょ濡れになりながらがんばれーと言い続ける人たちもいる。

左手に海が見える地点で去年とまったく同様に、光景に感動し、前方に海がばーっと広がるところでは、ああ、がんばろうと励まされ、あれ、と驚く。思いの外、疲れていない。25㎞を過ぎたというのに、荒川に比べれば、もうぜんっぜん楽だ。やっぱり、ペースは重要だなあ。体はだいじょうぶだが喉が渇き、私は歩道沿いの端っこをわざわざ走った。去年、チューチューと呼ばれる細長いアイスがおいしかったのを思い出し、私は目を皿のようにして「チューチュー、チューチュー」とさがすが、さがしてみると見あたらない。スポーツドリンクもない。水はあんまり飲むとおなかががぽがぽ言い出す。みかんがびっくりするほどおいしいが、これも、食べ過ぎは危険だろう。

チューチューではなく、スポーツドリンクを差し出している三人組を見つけ、「ください」ともらいにいった。一杯飲んだらあまりにもおいしく、「すみませんもう一杯ください」と、つい二杯飲んでしまう。三人組は「あはは、おいしいねー」と笑って見送ってくれた。

沼と化したグラウンド。

30㎞を過ぎたころ、ようやく、疲れた、と思った。このあたりでは歩いている人もだいぶ多い。私も彼らにつられて歩きたくなる。が、それは今ではない、と心を引き締め、35kmを過ぎたら歩いてもよし、と自分で決めてなんとか走る。でも心のどこかで、35kmで万が一走れたら、ものすごくゆっくりでいいから走っていよう、とも思う。そしてその35km。なんとあの、荒川で歩いたときの「うっわー、気持ちいい」を脳と体のぜんぶが思い出すではないか。そして脳も体も「歩こうよー、気持ちいいじゃーん」の大合唱。気づけば歩いていた。

歩き出したとたん、土砂降りといっていいほどの雨になった。なんだこれ。やむ気配も、弱まる気配もまったくない。1km弱歩いたところで、はたと、走れば今よりずっと早く(ビール屋台が軒を連ねる)ゴール地点に着く、と気づいた。記録とか、自分に負けないとか、そんなことではなくて、1分でも早く雨に濡れないところにいきたい、そんな気持ちで私はまた、走り出した。

残り1kmの看板を見てからは、「あと5分、5分走れば雨から逃れられる、ビールもある、焼きそばもある」その一心で私はスピードを速めた。なんということ、こんなにも疲れているのにスピードはちゃんと速まる。心境はフルマラソンのラストスパートではなく、完全に、雨を避けて立ち飲み屋を目指す会社員のそれである。

中学生、高校生の熱烈な応援を受け、公園に入りグラウンドに向かい、よっしゃもうすぐ、もうすぐと叫びつつグラウンドに入って、愕然とした。なんと、グラウンドは沼と化している。足を踏み出すたびに靴はにちゃりと茶色い沼地に沈み、引き揚げると靴下も靴もぐっしょりと泥水を吸いこみ、しかも、飛沫が跳ねる。よっしゃ、という気持ちが一瞬で霧散する。でも、ゴールまでいかねば、永遠にここでにちゃにちゃやっていなければならなくなる。私は心を決め、沼のなかを必死で走った。周囲を走る人たちの士気も、どんどんさがるのが手にとるようにわかる。

泥まみれのずぶ濡れでゴール。そのまま完走の賞状とメダルをもらう。4時間56分42秒。去年より16分遅いが、でもまあ、雨だし、腰痛だし……と考え、はたと思い出した。腰、平気だった。というよりも、雨があまりにもつらすぎて、腰が痛いことに気持ちが向かなかった。この一カ月、練習をまるでしていないにしては、まあ、よくやったというべきではなかろうか。

やっぱり足場が沼と化している広場で、ビールを買い、焼きそばを買い、唐揚げを買い、テントの下でむさぼり食べて飲んで、友人たちと打ち上げ会場で会う約束をして、別れた。

泥まみれずぶ濡れで、脚を引きずってホテルに向かう。すると、信号待ちをしていた母子の、5歳くらいの子どもが私に向かって「おつかれさまでしたー」と、大声で言うではないか。ありがとう、と手を振ると子どもも満面の笑みで手を振り返す。彼らに背を向け歩き出したら、泣けてきた。

ああ、だから、また来年もこようって思っちゃうんだよな。走るのなんか好きじゃないのに。

＊荒川30Kは、現在「東京30K」に改名

フルマラソン 3回目タイム
4時間56分

2013　春
「なめ癖」
再発

ボルダリング

私には「なめ癖」がある。新しく何かはじめるとき、その何かをなめてかかるのである。なめよう、と思ってなめているのでもないし、自分に自信があってなめているのでもない。

たとえば、6桁台の数字暗算とか、フットサルとか、ラテン語とか、一ミリだって歯が立たないことがわかりきっている分野はもちろんたくさんあって、そういう、なめようのないものはあらかじめ人生から排除している。が、ごくまれに、そのジャンルをよく知らないがために、人生に紛れ込んできてしまい、まったくもってよく知らないがために、なめてかかる、ということが、多いのである。

たとえばそれは、ボルダリングである。

それが何か、よく知らない。友人が毎週やっていると言う。その友だちと飲んだ帰り、この近くにボルダリングスタジオがあるんだと言われ、見にいった。壁一面に、でこぼこしたものがはりつけてあった。そこに手をかけ足をかけて、のぼっている人たちがいた。「こんなに遅い時間なのに、この人たちは酒も飲まずにこんな壁を……」と、ほろ酔いで思った。感想は、それだけ。

ボルダリングやってみませんか、と編集部のW青年から連絡があったとき、やろうやろう、と私は答えた。まず思い浮かんだのは、酔っぱらって見たあのでこぼこの壁。それから毎週やっているという友だち。あのスタジオの天井はあんまり高くなかったし、しかも友だちが毎週やっているというのだから、私にだってできるだろう。これがすなわち「なめ癖」なのであるが、本人は気づいていない。

某日、私たちは西日暮里にあるボルダリングスタジオを訪れた。

外観は無骨な工場のようなのだが、なかに入ると立派なスタジオである。二階に更衣室や洗面室、初心者向けのかんたんなコースがある。着替えて一階におり、専用のシューズを借りる。

このシューズに「あら」と思う。痛いほどではないが、きついのである。シューズのなかで足が動くようだと、脱げてしまう可能性があるため、ふだんよりちいさめのサイズを履くのだそうだ。

一階スタジオは吹き抜けになっている。壁に色とりどりの、丸かったり三角だったり、メロンだったり貝殻だったり、それはそれはいろんなかたち、いろんな大きさのホールドが取りつけられている。そのひとつひとつに、赤や白や橙のテープが貼られ、数字が書き込まれている。

スタート、と書かれたホールドを両手で持ち、両足を、指示があれば指示の場所、なければ適当なホールドに足をかけた時点、つまり両足が地面から離れた瞬間からスタートということになる。数字は手をかけていく順番。そうしてゴールと書かれた場所に、両手でつかまってゴールになる。片手だけではだめ。

下りることができません。

粉チョークの入った布袋に手を入れて、滑らないよう粉をつけ、さて、開始。

いちばんかんたんなコースのマークを教えてもらい、両手でつかまり、両足を……なんとか……あれ。

まだ、はじめていないのである。いちばん下の地点で、両手両足でつかまろうとしているだけである。なのに、足はちょうどいい場所にホールドを見つけられず、体が

ぶらんぶらん揺れる。

「軸を決めて安定させること」と、スタッフの方に教わる。両手、右足左足の真ん中に軸を作って足をかける。すると中心がぶれず、ぶらんぶらんしない。

軸を作れる位置にホールドを見つけ、両足をかける。あっ、マットから両足が離れた。

次、2、と書かれているマークに右腕をのばす。足をべつのホールドに置き換えて、次は左手を3のマークに。そして右手を4に伸ばして、ああ、届かない。4ははるか向こうにある。ああ、届きません。

「足をここに移して、そうすると伸びる方向が変わります」

と、下からスタッフの方が棒で示してくれるのだが、そこまで足が動かない。

あの、下りていいですか、と訊くと、どうぞ、だいじょうぶです、との答え。下を見る。ものすごく高く感じる。こわくて飛び降りることができない。足場をさがして下りればいいのだが、見えない。壁に張りついたまま、

「下りることができません」

だいじょうぶ、下、マットですから。両手離してだいじょうぶです。そう言ってもらえるが、ああ、でも、こわい。

このときようやく、私は無意識にボルダリングをなめていたことに気づいた。こんな、壁をつたって縦横無尽に移動するなんてこと、私には一生できるはずがないではないか。しかも私は高所恐怖症なのだ。やろうやろう、という自分の軽率な答えが悔やまれる。

いつまでも張りついていれば、もしかしてだれかが下ろしてくれるかもしれないと浅はかな期待を抱いてその場にいたが、無様な張りつき姿をみんなに見られているのも恥ずかしい、そのうち両手がじんじんしびれて痛くなってくる。高層ビルから飛び降りるような覚悟を持って、飛び降りた。ぐるんと後ろに反《そ》っくり返った。見上げてみれば、自分の身長ほどもない高さである。それが、あんなにこわいのか。

「恐怖心を持つのは大切なことなんですよ」とスタッフの方は親切に言ってくれる。

「恐怖心があればあるだけ、慎重になりますから」

慎重というか……こわいと思ったとたん身動きできなくなる自分が恥ずかしい。

W青年もカメラマンの川内倫子さんも、それぞれ、壁によじのぼりはじめている。みんなはじめてだから、当然ゆっくりだけれど、しかしみごとに番号通りのぼっていく。すごい。すごいなあ。

いじけたように彼らを見つめていると、スタッフの方が、さっき手の届かなかった場所に、どうすれば届きやすくなるか、教えてくれた。足をかける場所を変えただけで、かんたんに届くはずだという。スタート地点からではなくて、そこだけ、言われたとおりにやってみる。

たしかに、足を右寄りのホールドにかけると、斜め左にぐーんと手が伸びる。かんたんにつかまることができる。足場が違うだけで、体が伸びる方向が変わるのである。

これをスタートの地点から何度もくり返す。なかなか足移動ができなかったのが、なんとかできるようになって、ようやく、さっきの4をつかみ、そこからまた足を動かし、今度は上にぐーんと伸びて、5。5の左上に、このいちばんかんたんなコースのゴールがある。

ゴールまで、左手を伸ばす。触れる。ナイス！　がんば！　下から声が掛かる。

左手でゴールのホールドを握ったまま、右手を移せばフィニッシュである。

なのに、なのに、なのに、どうしてもどうしてもどうしても右手を離すことができない。またしても私は漢字の「出」みたいな格好で、壁に張りついたまま動けなくなる。

「できません」私は叫ぶ。叫んだって仕方ないのにねえ。

「だいじょうぶ、足をこっちに動かして、そうすれば右手は離れるから」

「いいえ、できません」

まるきり幼児状態である。そしてまたしても、降りることができない。さっきよりも高いのだ。

張りつきながら、私はさまざまなことを思い出していた。
『ナショナル ジオグラフィック』誌で、ある写真を見たことがある。切り立った山の、ほんの一角だけに人が座れるほどのスペースがあり、そこに、クライマーの男性が腰掛けて寝ている写真である。ロッククライミングの最中に夜が更けてきたから、そこで一夜明かすのである。まるでそれは、山にくくりつけられたちいさな椅子。男性の膝から下は、ぶらんと垂れ下がっている。荷物は抱えたまま。そこでうとうととして、ちょっとでも体勢を変えたら、真っ逆さまなのである。もちろん命綱はつけているだろうけれど。

高所恐怖症の私にとっては震え上がるほど恐いこの写真、もうずっと脳裏を離れない。

その後、イタリアの山を（仕事で）登る機会があったのだが、このときのガイドさん夫婦がロッククライマーだった。山を歩きながら、彼が、あの写真とまったく同じ目に遭った話をしてくれた。登っている最中に日が暮れて、それ以上続行するのは危険なので、岩のくぼみで一夜明かした。物音がまったくせず、真っ暗闇で、宇宙空間にたったひとり放り出されたようだった……。その話を聞きながら「いやあああああ！」と叫びそうになるのを、懸命に堪《こら》えなければならなかった。そんなの、ちっともたのしくないじゃないですか、とガイドさんに言うと、「うん、ちっともたのしくない」とのこと。「でも、終わって帰ってくると、またいきたいなあと思うんだ」——私には、一生理解できない気分であろう。

ずっと続けていれば。

そういったあれこれが、壁に張りついた私の頭をかけめぐる。

ボルダリングとクライミングを、私はどうして同じ種類のものだと考えなかったのだろう。この、一生できそうにないボルダリングの先に、あの恐怖の世界があると、どうして思いつくこともしなかったのか。できないできないできない。なめてたなめてたなめてた。

だいじょうぶですよ、ぱっと手を離せば、降りられますから。声をかけられ、我に返る。私はまだ「出」だった。

またしても手がじわじわと痛くなり、私は目を閉じ、ふたたび超高層ビルから飛びおりるような覚悟で、おりた。またしても後ろに反っくり返った。

自分には縁のないスポーツだ、と重々わかったが、でも、こんなにもできないのはくやしい。W青年も倫子さんも、それぞれ難関を見つけて挑戦している。できないとわかっていても、私もまた、なんとか練習してみる。

そのうち、手が痛くなってくる。指の腹と、指のつけ根がひりひりし、腕の内側がじわじわ痛む。でも、一回もゴールできずに終わるのはいやだ。足の置きかた、手ののばしかた、体ののばしかた、ひとつひとつくり返していく。恐怖の写真のことも、ガイドさんの話も思い出さないようつとめる。

左手はゴールに届く。右手が離せるとは思わないが、でも、離さないと終わらない。スタッフのかたのアドバイスどおり、重心を左にぐっと傾け、安定させ、右手をそっと離す。離れた！　ゴールに向かってのばし、つかむ。つ、つかめた！　泣くかと思った。

　今度は恐怖心より手の痛みが勝り、すぐに両手を離して着地する。

「ずっと続けていれば、いつか軽々と移動できるようになりますか」と訊いたのは、きっと、「つかめた」と思ったときの、達成感の故だろう。

「何度かやっていれば、重心の置きかたや体をどちらに伸ばしたらいいかという、コツが見えてきます。そうすればもっとやりやすく感じると思います」との答え。

　ボルダリング歴の長い人の動きを見ていると、本当に気持ちがいい。まるで重力なんてないかのように、蜘蛛のようにするすると移動していくのだ。コツがわかれば、あんなふうにできる日もくるのだろうか……。

　都内にはボルダリングスタジオが増えはじめていて、一回単位の使用料でだれでも利用できる。シューズは貸してもらえる。そういえば、仕事場の近くにボルダリングスタジオがあったな、と、すでに激しい筋肉痛のはじまっている腕の内側をさすりながら思う。喉元過ぎれば、熱さを忘れはじめている状態である。

＊写真は、後日家の近くのスタジオで挑戦した時の様子です

2013　初夏
ひみつ道具ではなかったけれど

ベアフットランニング

ランニングをする人なら、だれでも1度は聞いたことがあると思う。ベアフットランニング。裸足感覚で走ることを意味する。

いやいやながら走っている私でも、それについては聞いたことがある。裸足ランニングはあるときから急に、走る人たちのあいだで話題になった。「走るという概念がまったく変わった」と言う人もいれば、「結果的に脚に負担をかけることになる」と言う人もいれば、「すごい！」と大絶賛の人もいた。

私は走ることが好きではないあまり、つねに、「労せずして速く走れるにはどうしたらいいか」「がんばらずに長く走ることのできる方法はないか」と、ドラえもんを頼るのび太少年のような腹黒いことを考えている。だから、このベアフットランニングを大絶賛する人の声を聞いたとき、「それはもしかしたら、ひみつ道具のようなものかもしれない」とひそかに思い、スポーツ店にいった際、それ専用のシューズをチェックした。5本指ソックスがそのままシューズになったようなしろもので、持つとたいへんに軽い。「もしやこれを履けばタイムがぐぐーんと縮むかも」と、にやりとしたが、買いはしなかった。私は今まで数々の「ひみつ道具もどき」に手を出してきたが、そんなものは現実には存在しないことを思い出したのである。

それでも、旅すると毎回このシューズのことを思っては、あれ、やっぱり買おうかなと思っていた。1泊の旅行でも1週間の旅でも、スケジュールに余裕がありそうならば私は毎回ランニングシューズを持っていくのだが、これが、かさばる。あの5本指シューズなら、軽いし、そんなにかさばらないはずである。

でも、あんなへんなシューズで、だれにもコツを教わらず、ひとりでちゃんと走れるのかしらん、とずっと思っていた。だからW青年が、ベアフットランニングを習いませんかと提案してくれたとき、習う習う習う習う、と即答したのである。

教えてくれるのは、ベアフットランニングの第一人者、吉野剛さん。ベアフットランニングを広め、裸足走法を研究されている方である。

まず、5本指シューズ、ビブラムファイブフィンガーズを履きに、オフィスにいく。いろんなモデルのシューズがずらりと並んでいる。トレイルラン用も、ジムに適したものもある。1足を選び、早速履いてみる……が、なんと、シューズに足が入らない。私の右足は、見た人だれもが「おおー」と声を上げるほどのみごとな外反拇趾である。親指なんて前でなく右側を向いている。この親指が、人差し指のところに入ってしまって、まっすぐ親指部分に入らない。しかもほかの4本の指もくっついていて、それぞれの箇所に入らない。吉野先生が手伝ってくれても入らない。「いつか入る日がきますか」と訊くと、「これよりもっとひどい外反拇趾の人でも履いてますからだいじょうぶ」と吉野先生。

でも入らない。しかもまだ履いていないのに足がつる。

電車ごっこの要領で。

じつは私、この時点であきらめて帰りたいと思った。大人だから帰らなかったが、「きっと今日が終われば二度と履かないだろう」とは、こっそり思った。万が一これがひみつ道具だったとしても、履くのにこんなに難儀するなら、履きたくない。

が、格闘すること数分、5本指がそれぞれの位置に、にゅるりと入った。入ったときの気持ちよさは、「へええっ」と思わず声が出るほどだ。二度と履かないだろう、はこっそり撤回。

さて、そのシューズを履いて代々木公園に向かうが、ふつうのシューズとは感覚がまるで違う。裸足で歩いているよう、とまではいかないが、地面の感触がだんぜん近い。

公園でまず、重心について、学ぶ。立っているとき重心は、中心にある。体を前に倒すと、その重心は前に移る。すると体は倒れまいと、足が出る。重心が前に移るからだ。重心に従ってかかとからではなく、足の裏全体で着地する。これが、基本であるらしい。足を先に出すのではなく、体を前に倒して重心を移動させるような感じだ。そうすることで、地面からの衝撃を足の筋肉や腱が吸収し、膝に負担が掛かりにくく、また前傾することでスムーズに前に進める、とのこと。

それから体の「バネ」を学ぶ。10㎝くらいの段差がある場所で、両足をそろえぴょんと段差に乗り、下り、下りた反動の力でまたぴょんと飛び乗る。

これを実際にやってみると、「下りた反動の力で」ぴょんと飛び乗れないことがすごくよくわかる。ぴょんと上りぴょんと下り、「どっこいしょ」と飛び上がってしまうのだ。それはバネを使っていない証拠。バネを使う感覚は、その場で縄跳びをするように軽く飛ぶことで得られる。膝のバネを使うことで、体を持ち上げなくても飛ぶ感覚

vibram
vibram

がわかれば、さっきの、段差飛びも楽になる。

次は、足をまっすぐ上げる感覚を学ぶ。腿をあげるのではなく、あくまで、足を上げる。足裏が、地面にたいして垂直に、すっと押し上げられる感じ。吉野先生がしゃがんで、足の裏を手で押さえ、ぽーんと上に押し上げてくれて、なんとなくその感覚がつかめる。腿を上げるよりも、軽々と上がる。

足を後ろに蹴り上げないことも、この走法には重要だと習う。2人で前後に並び、後ろの人が前の人の肩に両手を置き、電車ごっこの要領でいっしょに走ると、このコツはつかみやすくなる。足を蹴り上げると、後ろの人を蹴ってしまうからだ。今まで学んだ感覚を思い出し、重心を移しながら、膝のバネを使って、足をまっすぐ引き上げて走る。

以上、吉野先生の説明はとてもわかりやすく、頭では理解できる。ひとつひとつの動作も、それぞれ感覚はきちんとつかめる。が、実際に走るとなると、話は変わってくる。

前に倒れるように、バネを使ってふわりふわりと（かかとからではなく）着地しながら、足を持ち上げて走る。これ、連動させるとまったくできない。やっているつもりになっても、ついいつもの、かかとから着地し、地面を蹴り上げる走り方をしてしまう。いつものランニングシューズでの走り方と、ベアフットの走り方はまるきり違うのだ。

ちゃんとベアフット走法ができているかどうか、自分でわかるためには、音に注意するといい、とのことである。吉野先生が走る音に耳を澄ませると、たしかに、ものすごい静か。私が走ってみると、ばたばたばたと音がする。もっとふわっふわっと、足を引き上げて着地して足を引き上げ、とくり返していれば、音は自然にちいさくなるそうだ。

ラダーを並べ、1マス1歩で、熱い鉄板の上を駆け抜けるイメージで走る練習をする。着地の直後に腿ではなく足を引き上げて走る練習である。やってみるが、音が激しい。吉野先生のお手本を見ると、頭の位置がまったく動かずに進んでいる。それを見てから走ると、自分が飛び跳ねるようにしてぴょんぴょん走っているのが、よくわかる。

ラダーの後、目をつぶって坂道を駆け上がる練習をする。吉野先生の肩に片手でつかまり、いっしょに走るのである。障害物は何もない場所とわかっていても、こわくて、力が入ってしまう。幾度かくり返して慣れてくると、目を開けて走っているときより、坂道がなだらかであっという間に感じられてくる。目で見て「坂だ」と思うと、体が上がることを意識してしまう、と吉野先生。つまりこれは、坂を坂と意識せず、平地を駆けるように足を引き上げて走る練習というわけだ。

ひとりで、目を閉じて坂を上がる練習をする。ふわっ、となる瞬間があって、「あっ」と思う。それは、坂を上がるのが楽、という感覚で、それがつまり、ちゃんとできた、ということ。

むむー、しかし、1回「できた」と思っても、次にはまた、あれれ、という感じに戻ってしまう。裸足走法、なかなかどうして、むずかしい。

実際に裸足になってみるとコツがつかみやすい、という吉野先生の言葉に従い、シューズを脱いで裸足になる。裸足で芝生の上に立つと、びっくりするほど気持ちい い。そのまま、走る。痛いので、どうしてもそっと走ってしまうが、この感覚こそさっきから習っている「ふわっ」なのである。

芝生から、コンクリートの上に移動し、走ってみる。芝生よりずっと痛い。「痛いということは、摩擦があるということ。痛くないように走ろうとすると、さっきの、体から前に出て、足を持ち上げて着地、また足を持ち上げる走り方になる」と吉野先生は言う。

それは、アスファルトに移動するとさらにもっとよくわかる。コンクリートよりも粗いアスファルトで走ろうとすると、あまりにも痛くて、いつもの走り方はできない。歩幅を極端に狭めて、ぽてぽて走ることしかできないのだが、まずはそうした、スローペースでのちょこちょこ走りでいいらしい。

オートマとマニュアル。

とりあえずここで今日の講習は終わり。約1時間ほど、ずっと走りっぱなしだったわけでもないのに、すでにふくらはぎが痛い。もう筋肉痛。ふだん使っていない筋肉を、こんなにも使うのだ。

またしてもなかなか入らないシューズをなんとか脱ごうとしながら、「私のように体のものわかりの悪い人間が、1週間に1度、5本指シューズで練習して、体得できるのにどのくらいかかりますか」と訊いてみる。

「1年ですね」と、吉野先生。

1週間に1度の練習で、1年！ うすうす感じていたことだが、この走法がいかに独特で、難しいか、その答えで思い知る。

今現在、私は週2回、10㎞から15㎞を走っているが、そのどちらかを5本指シューズで走ればいい、というのは、大間違い。この走法が身につくまでは、そんなに長く走るのは危険で、怪我や痛みが増える、とのことである。まずは1、2㎞程度の距離で練習し続けなければならない。ウォーキングでもいい。

ベアフットランニングや、このシューズでのランについて、人の意見がばらばらだったことに納得する。つまり、みんな知識はあれど、だれも完璧には体得していなかったのだ。履いてみて、「すごい」と思ったり、「ぜんぜん違う」と思ったり、ふつうのシューズ感覚で走って痛みを覚えたり、「かかとで着地しない」を意識しすぎて、足の甲を痛めたりしていたのだろう。ただしい知識を持って、ただしいフォームで、ただしく走らなければ、評価はできない。

ふつうのランニングと、ベアフットランニングとの違いを、吉野先生は車にたとえて話してくれた。ふつうがオートマだとすると、ベアフットはマニュアル車。マニュアルの方が面倒だし、難しいけれど、でも覚えてしまえば、いかようにも自分仕様にできる。そしてくれぐれも勘違いしてはいけないのは、マニュアル車に乗ってオートマ車と同じと思ってはならないし、マニュアル車だと思ってオートマ車に乗るのもよくない。このふたつはまったくべつのもの、そこをわかっていないと事故になる。わかりやすいたとえである。そのくらい、走るといっても、異なるのだ。

ところで、吉野先生自身、もともと外反拇趾で、ベアフットランニングをはじめてからそれがなおったというのである。裸足で走ったあと見せてもらった足の裏は、土踏まずの部分だけ、土を踏んでいない証拠にくりぬいたように真っ白だった。足の裏のまんべんなく汚れた扁平足・外反拇趾の私は、それをなおしたいためだけに、今後本気で1週間に1度の練習をはじめるかもしれない。労せずして速く走れるひみつ道具ではないと、思い知っても。

2013 夏
山ハイというものがあるのだろうか

大菩薩峠登山

登山ではつらい思いしかしたことがない。

生まれてはじめての登山は9年前、テレビの取材で訪れたイタリア北東部のドロミテである。トレッキングをすると聞かされていたのだが、私はトレッキングをハイキングと勘違いしていたことに、現地で気づいて、えらい目に遭った。

2度目は奥鬼怒《おくきぬ》湿原。山に登って湿原を見にいくのだと聞かされていたが、旅のメインは温泉だったので、丘ぐらいの山だろうと思った私はTシャツにジーンズに町用スニーカーでいって、すべって転ぶわ、寒さで震えるわでさんざんだった。

そして3度目は3年前に登った富士山。ちゃんと準備して登ったものの、想像以上のたいへんさ。フルマラソンのほうがよほど楽だと思った。もう二度と登りたくないと今でも思っているほどだ。

この3度の経験から、「登山はつらい」という刷り込みがある。しかしながら、私にとって運動はなんだってつらい。だからW青年が、登山しませんか、と言ってきても、「いいですよ」とうつろな目で了承したのだった。

この雑誌の編集長はたいへんな山好きだという。都内から日帰りでいける山を、編集長が選んでくれた。けれど予定していた日に台風がやってきて、延期。次の予定日、大雨。また延期。そして3度目の予定日、曇りだったが雨は降っていない。予定通り、登ることにした。

登るのは山梨県にある、日本百名山のひとつ、大菩薩嶺《だいぼさつれい》。まず大菩薩峠を目指し、そこから雷岩までいき、上日川峠に下るというコース。地図で見ると、ちょうど三角形を描いて歩くことになる。

JR塩山《えんざん》駅から登山口まで、車で30分ほど。マイカー規制があるので、タクシーだともう少し奥の、福ちゃん荘という山荘までいける。編集長、やはり山好きのライターYさん、写真家の川内倫子さん、W青年とここで落ち合い、歩きはじめる。雨はまだ降っていない。あそこまで登るのだと、すでに何度も登ったことのある編集長が指し示してくれるが、山のてっぺんは雲に隠れている。

なだらかな道を歩いて、既視感を覚える。トレイルランニングも、いつもこういう

「なだらか道」からはじまる。ああ、なんか楽だな、このままいくのかな、と期待すると、登り斜面がはじまる。つまりこのなだらか道は序章部分だ。

数分歩いて序章は終わり、斜面になる。私たち一行はわりとゆるやかなペースで歩く。おしゃべりなんかして、なんだかたのしい。「大菩薩峠って小説がありましたよね」とだれかが言う。「どんな話なんですか」だれかが問う。一同、沈黙。長すぎてだれも読んでいないのである。

甘いコーヒーの幸せ。

それにしても、なんという緑のうつくしさだろう。木々も種類によって葉の色がみな違う。木の幹や地面にはまるで絵画のような苔《こけ》。思わず見入ってしまう。雑草や苔に、ほんとうにちいさな蜘蛛の巣がいくつもできていて、それがさっき一瞬降った雨のしずくを受けて、幻想的に光っている。晴れていれば、右手に富士山が見えるらしい。が、真っ白。残念。

景色のうつくしさに見とれて小一時間歩くと、小屋が見えてくる。山荘があり、その先に「大菩薩峠」の標識がある。標高1897m。ここで休憩。編集長が携帯鍋で湯を沸かし、コーヒーをふるまってくれる。山で飲む甘いコーヒーの、なんとおいしいことだろう。はるか下に湖が見え、町が見える。周辺の山々も、ところどころ雲に隠されながら見える。

それにしても峠とはなんだろう？　わかっているようで、よくわからない。訊くと、「山を登り切って、下る、その部分」と、Yさんが教えてくれる。「峠という字は山に上下と書くでしょう」との言葉に「ウウム！」とうなってしまった。そうか、山の上下が峠。

10分ほど休憩しているあいだに、急に霧が濃くなった。大菩薩峠から雷岩に向かって歩き出す。さっきまで土と石だった道が、岩場になる。しかもかなり登りが急だ。その急な岩場を登って振り返ると、すぐそこにある山荘が、雲で真っ白に隠れて見えない。ものすごい勢いで雲が流れていく。

ここからずっと岩場の登りが続く。周囲がどんどん白くなっていく。木々がなくなり、道の両側は草で覆われている。ところどころにツツジが咲いている。風が強まる。気温がどんどん下がる。

しゃがみこんで写真を撮る倫子さんに、何を撮っているのか尋ねると、「ムカデ」との答え。足場をよくよく見ると、たしかにムカデがいる。派手な橙色でくねくね歩いている。見て気持ちのいいものではないのだが、1匹見つかるとどんどん見つかる。それにしても、先の見えない、全体的に乳白色に包まれたなかを歩いていると、妙な気分になってくる。なんだか死後の世界をさまよっているような気分である。

そんなことを思いつつ歩いていると、石の積み上げられた大小の三角錐が出てくる。「親不知ノ頭《おやしらずかしら》」という標識があり、その名称が不気味に思える。そしてその先には「賽《さい》ノ河原」の標識。大菩薩嶺にも賽の河原があったとは！　ますます死後の世界っぽさが強まってきたなと思うやいなや、「ここが彼方と此方《こなた》の分かれ目です」とYさんが言い、「ヒーッ」と声が出そうになる。

しかし、岩場と草と乳白色に塗りつぶされた世界が続き、さっきまでの、緑のうつくしかった場所とくらべると、まさに、彼岸《しがん》と此岸を思わせる。

「雷岩」という標識のある場所に着くが、どれが「雷岩」なのか、みな真っ白でわからない。さほど感慨もなく「へえ、ここが」とうなずきながら先へ進むと、10分ほどで開けた場所に出る。ここが「大菩薩嶺」。

……地味。「登頂したーっ」という気のしないてっぺんである。さっきの峠のほうがよほどはなやかだ。

「嶺、ってなんですか」と訊くと、いちばん標高の高いところ、と編集長が教えてく

れる。

本当は峠のほうをてっぺんとしたいけれども、あそこよりも、２０５７ｍのこちらのほうが高いので、やむなく「嶺」と名づけて「てっぺんですよ」ということにしましょう、といった感じの標識が立っている。

地味だが、それでもてっぺんではあるので、みんなで記念写真を撮った。

ここから雷岩まで戻って、唐松尾根を下って上日川峠へ向かう。足元はごろごろと大きな石がばらまかれたような道で、たいへん歩きづらい。石によっては踏むとごろごろと転がるのである。雷岩の付近と、景色が大きく変わる。石ごろごろの道、両側には草が生い茂るがところどころに木もある。風も止み、気温が急激に上がる。山頂付近は震えるくらい寒かったのに、汗ばむほどだ。

しばらくいくと、風景がまたしても大きく変わる。道は土になってぐんと歩きやすく、両側にはまっすぐのびる木々が広がり、雲の乳白色に包まれているせいでなんとも幻想的な風景である。こちらは死後の世界というよりも、ファンタジー。とはいえ、縦横無尽にのびる木の根っこを踏むと、スライドするようにすべることが多いので、慎重に下を見て歩かなければならない。

このファンタジックな山道を歩いていて、私は登山ハイになっている自分に気づいた。

何もつらくない。ここまでつらいことはひとつもなかった。平地に出ても走らなくていい。走る必要なんて何ひとつない。つらいどころかたのしい。下を見て歩き続けるばかりで、たのしいことなどとくにないのに、すんごくたのしい。もんのすごーーーーく、たのしい！ と、思うばかりか、だれかが何か言っただけで、笑えてくるのである。ウグイスが、ホーホケキョ、ケキョケキョケキョ、と鳴いただけでヒャーッハッハッハ、と笑うくらいおかしい。W青年がキノコ名人に会った話をしているだけで、キャーハハハハ、と笑うくらいたのしい。

なんだろう、この気分。

ランニングでも水泳でも、私はハイになるということがいっさいない。だから、ハイという気分がどのようなものかわからない。ランニングだと7km地点くらいで、水泳だと3kmくらいで、「もう、いいや」という気持ちにはなる。「こんなにもたのしくないし、しんどいけれど、ここまできたし、なんか、もういいや。あと少し続けてもいいや」といった心境で、これはハイではなく諦念だろう。

ではこの、なんでもおかしい若い娘さんのような気持ちが、スポーツする人の感じるハイなのだろうか。

あんまりにもたのしいことが恥ずかしくて、私はその場でそれほどハイになっていることを打ち明けることができなかった。みんなも同じ気持ちかどうか、確かめることができなかった。

30円の冷えたプラム。

私の膝くらいの高さの草地が左右に広がっているのだが、そこから、ギリギリギリギリ、とものすごく奇妙な声が聞こえてくる。虫のようだが、なんの虫かわからない。木がぱっきりと折れ、その折れた箇所がまだまあたらしく、最近倒れたことがわかる。木々に、見たことのないちいさなランプ型の花がたくさんついている。そんなことがいちいち新鮮である。トレイルランでは、そういったちいさなあれやこれやに目を向ける余裕がない。

やがて木々の隙間から小屋の屋根が見えてくる。出発前にみんなで落ち合った山荘である。そのとき、なんということか、「あーあ」という気持ちがせり上がってきて私は自分を疑った。今、あーあ、って思った？　あーあ終わっちゃった、って思った？　そうなのだ。あーあ、終わっちゃった、と思ったのである。毎回毎回、「なぜこんなことをやってしまったのか」「ぜったい私には無理無理」と思いながら走ったり登ったりしているが、今回は、終わるのがさみしかったのだ。

山荘で、プラムを冷やして売っていた。ひとつ30円のそれを食べて、あまりの甘さに驚いた。こんなにおいしいプラムは、食べたことがない。

「駐車場まで歩きましょう」と言われ、またみんなは森に分け入っていく。やった！　まだ終わりではない。

山荘から上日川峠までの道は、アップダウンのほとんどない、まさに森のなかの小径といった風情で、童話のような眺めである。身体的にも気持ち的にもウォーミングダウンにはちょうどいい。

10分ほど歩くと上日川峠の駐車場に出る。ここが本日のゴール。

ああ本当に、山登りはすばらしくたのしかった。そんなに標高の高い山ではないのも、登りと下りが異なる道なのも、景色がバリエーションゆたかなのも、よかったのだと思う。平日ということもあって登山客は少なかったが、それでも高齢者や、普段着の若者グループ、3歳くらいの女の子を連れたおとうさんもいた。幅広い年齢層に開かれた、まさに初心者向けの山なのだろう。

3年前の富士登山用にそろえた登山用ズボンと登山靴が、ずっと眠ったままになっていて、いつ処分しようかと思っていたのだが、だいじにとっておこう。と、思うほど、今回はたのしい山だったのだが、これ、果たしてひとりだったらたのしいのだろうか。和気藹々《わきあいあい》とおしゃべりしながら歩いて、コーヒーおいしい、プラムおいしいと言い合うからこそたのしいのではなかろうか。でもそれだったら、旅行にいって観光地を巡っていてもおなじことだ……。

山好きを名乗るのは、また次回、べつの山を登ってからにしてみようと思う。

2013 秋
いろんな大会、そして初のハイ

真夏の夕涼みマラソンin台場

走ることにかんしてまったく向上心のない私ではあるが、走るようになってからある程度時間が経つと、大会というものに興味がわいてくる。ひとりだとはじめての「大会」は敷居が高いが、何人かのグループだと温泉旅行感覚で気軽にエントリーできる。ここ数年で、私も何度か友人たちと大会に出てきた。

いろんな大会がある。駅伝大会もあれば、5km、10kmの大会も。開催地が地方だと、すばらしい特典があったりする。その地の名産物が参加者全員に配られることも多い。おそろしいことに100kmマラソンの大会もある。

いろんな大会に参加するうち、大会マニアみたいになっていく人もいる。今週はどこそこでフル、来週はどこそこでハーフ、来月は国外でフル……なんて話を聞いたこともある。大会って、もしかしたら中毒性があるのかもしれない。

走ることが嫌いな私は、幾度か大会に出てみたが、もちろん大会中毒にかかることもない。けれど、1年に何回かは大会に出ねば、という気持ちはつねに持つようになった。はっきり目指すものがないと、毎週末に走るモチベーションがゆっくりゆっくり下降していくのである。これは学生時代における中間・期末試験とよく似ている。試験なんてなければいいと当時は思っていたけれど、今思うと、ああした機会がなければ私はいっさいの勉強をしなかっただろうなあ、と。ほとんど一夜漬けに近い突貫工事勉強法だったけれど、それでも、年に幾度かは教科書を開き、理解を試みていたのだ。

地方の大会にいけるほどの時間的余裕はないし、関東近郊はどこだって暑いしなあと、ぼんやり考えていたところ、体育会系先輩から、お台場でおもしろい大会があるぞ、と連絡が入った。かつて初トレランに誘ってくれた、学生時代の、体育会系ではないサークルの、でも体型や嗜好が体育会系っぽい（と、どうしても説明が長くなってしまう）、先輩である。その名も「真夏の夕涼みマラソンin台場」。第1回目の大会らしい。

お台場の、1周1・25kmの公園を走って、1時間コース、2時間コース、それぞれ何周走れたかを競う大会だという。同じところをぐるぐる走るなんて退屈そうだと思いつつ、「第1回」目、という晴れがましさに惹かれて参加することにした。

1時間コースか、2時間コースか、迷いに迷い、腰が引けて1時間コースにエントリーした。


熱い！　ではない、暑い！


そうして8月某日、台場駅に降り立った。ランのスタートは夕方5時だが、受付開始が3時からなので、3時ごろ駅で待ち合わせたのだが、うんざりするくらい暑い。台場駅から、海に面した潮風公園の真ん中にある太陽の広場を目指す。だれも歩いていない。お台場は歩く人の少ない町なのか、それとも、異常な暑さだからだれも歩いていないのか。

日陰のまったくない広場の真ん真ん中に受付ブースがある。ゼッケンをもらい、日陰に避難する。ぽつりぽつりと受付にやってくる人がいるが、最少催行人数が足りず、中止になるのではないかと不安になり、不安になった直後、「それはそれでありがたいことかもしれない」と汗を拭きながら、思う。

ところが、スタート時間が近づいてくると徐々に人がやってくるではないか。そうして受付終了後、広場で開会式がはじまると、大混雑ということはないが、けっこうな人数が集まっている。みんな、物好きだなあと感心する。ひとりで走るソロの人、何人かでリレー形式で走るチームの2種類があって、ゼッケンの色が違う。

さて5時。まず1時間コースがスタートし、その3分後、2時間コースがスタートする。

走りはじめてまず思ったのは、暑い！　ということ。熱い！　ではない、暑い！　夕涼みどころか、午後2時かと勘違いするような強い日射しなのに、日陰がない！　ひー、と思いつつ、走る。右手に海が見え、左手にはバーベキューコーナーが見える。前方行き止まりになるところで折り返し、公園の芝生を突っ切りコンクリート道へ、ぐるりとまわってまた海沿いに戻るコースである。GPSを確認するとたしかに1周ぴったり1・25㎞。チーム参加の人は、ゴール付近でたすきを渡しあっていてたのしそう。私はただひたすらに、黙々と、海沿いを走り芝生を突っ切りぐるりまわってまた海へ。バーベキューコーナーでは、いつから飲んでいるのか、真っ赤な顔で笑いながらみな肉を焼いている。飲み終え、食べ終えたのか、ぼうっと海を見ている人たちもいる。いいなあ、いいなあ、いいなあ、と、そこを通るたび思う。

彼らにしたら、走る私たちというのは、最初は謎（なぜこの暑いのに走る？）で、やがて、目障りになってくるのではないか。だって、どんどん疲れてどんどん汗まみれになってどんどんうつろな目になっていくランナーたちが、ひっきりなしに海沿いを通りすぎていくのだ。見ていて、気持ちのいいものではけっしてないと思う。

ところで、この右手海左手バーベキューコーナーの折り返し地点、なぜか、くさかった。最初は気のせいかなと思ったが、3周するくらいではっきり「ここはくさい」とわかった。バーベキューは関係ない。浄水とか排水とかの関係だと思う。トイレ臭がするのである。

同じ道をぐるぐるぐるぐるぐるまわっていると、目印とともに、鼻印みたいなものもあるのだとはじめて知った。「あ、くさいとこ」「あ、またくさいとこ」「くさいとこ6回目」等々、そこを通るたびに意識してしまうのである。

7周目を走り終えたとき、スタートしてから57分ほどだった。あと1周すれば、1時間以上かかってしまう。それでも記録としては、8周ということになるとさっき説明を受けた。もちろん7周でやめてもいい。へとへとに疲れていたのだが、なんとなく8周目に向けて走り出してしまった。

結果、1時間8周回（10㎞）、1時間2分53秒。いつもの練習時とまったく同じ。

2時間コースを選んだ体育会系先輩は、18周22・5㎞も走っていた。ハーフ以上である。先輩が走るプラス1時間をぼうっと待っていたのだが、6時半くらいからようやく、夕涼みといえる気候になった。さらに、夕暮れ、灯されていく高層ビルの明かり、といった景色がすばらしくうつくしかった。その景色を背景に、ぐるぐるぐるぐる走る人たちは、見ていてやっぱりとても不思議だったけれど。

その大会が終わり、もう涼しくなる秋まで走りたくないな、と思っていたところ、増田明美さんからいっしょに走りませんかと連絡をいただいた。

増田さんとはトークショーや対談で数度お目に掛かっていて、そのとき「いつかいっしょに走りましょう」とおっしゃってくださったのである。でも増田さんはすご一く忙しい人だし、きっと無理だろうなと漠然と思っていたので、びっくりした。1日だけお休みがあって、その日にどうかと誘ってくださったのである。

神宮外苑の絵画館前に集合し、増田さんにウォーミングアップを習う。以前は静的ストレッチが一般的だったけれど、最近では動的ストレッチが効果的とされているという。前脚を曲げて後ろ脚を伸ばし、後ろ脚を前に蹴り上げる運動や、両脚を開いて膝を曲げた脚を斜め前に上げる運動などを教わる。教わっているうち、ぽたぽたと雨が降ってきた。

その雨のなか、さっそく走りはじめる。まずはゆっくり、1㎞6分半〜7分ほどのペースで走る。それはまさに私がいつも走っているペース。ちょっとスキップをしてみて、と言われ、スキップをする。スキップ、ラン、スキップ、ランと交互にやってみる。すると、ぐんと姿勢がよくなるのがわかる。おしりの位置が上がり、背筋が伸び、走るのが、ほんの少し楽になる。

神宮外苑をぐるり1周が1・325㎞とのこと。まず2周走る。あれこれとおしゃべりのできるペースである。木々が生い茂っていて、フットサルやテニスのコートもある。高い建物がなくて空が広い。木々の葉がアーチ代わりになって、雨もよけられる。2周目にさしかかったとき、いったいどういうことだかわからないが、私は急に、ああなんてたのしいのだろう！　と思った。

増田さんの異様なパワー。

走りはじめてからのこの7年ほど、そんなことは一度も、一度たりともまったく思ったことはないのである。走ることはつねにつらくて、面倒で、いやで、でもやらなければならないことだった（やると決めたから）。

それが、前回の山登りのときと同様、大声で笑い出したいくらい、たのしくなったのである。たのしくて、なおかつ気持ちがいい。走りはじめてまだ2周目、ランニングハイになるにはまだまだ距離が短いし、これはなんなのだろう？　いつもと同じペースだし、いったい何がどうしちゃったんだろう？　しかも雨脚はどんどん強くなって、顎からしたたる水滴がうざったいのに、気持ちがいいっていったい……。

考えるに、これは、増田さんの異様なパワーとしか思えない。増田さんの、長きにわたるマラソンへの愛や信頼、そうしたものが濃いオーラとなって漂い、私はそれを直で浴びて突如ハイになったのだ。すごいことである。

2周ののち、インターバル練習というものを教えてもらう。半周650ｍを、1㎞5分ほどのハイペースで走り、残り半周をリカバリーで、ゆっくり走る。それがインターバル練習というらしい。

私ははじめて出た10㎞の大会から、ハーフもフルも、先だってのお台場もそうだが、記録が変わらない。練習でも大会でも、1㎞6・5分〜7分で走るので、ゴール時間はずーっとおなじで、遅くもならないが早くもならない。いつもの結果より遅くなるのは体調が悪いとき。早くなることは、まず、ない。

向上心のない私はそれでいいと思う反面、つまらないとも思っていた。走る前から結果がわかっているわけだから、走らなくてもいいじゃないかというような気分になるときもある。
そんな私に、インターバル練習をやってみるといいと、以前対談させていただいたときに、増田さんがおっしゃっていたのである。

でも、私はやらなかった。だってつらそうなんだもん。やろうかな、と思うが、「暑いし」「夏だし」「熱中症になるかもしれないし」と、ずっと避けてきた。

でもついに今日！　やるのである。やらねばならぬのである。

はいスタート、という増田さんとともに走り出す。走り出すやいなや、まるで瞬間移動するかのように増田さんの背中がざーっと遠くなる。え？　え？　うわ、テレポーテーションか？　と追いかけるも、ぜんぜんついていけない。急いでも急いでも、増田さんの背中はちいさくなり続け、ついに見えなくなる。１km５分ペース、こんなにつらいのか。息が切れ、脚が痛む。１kmのたった半分が、なんて長いのだ……。そうしてようやく、半分のところでリカバリー。リカバリー時間よ永遠に続いて、と思うが、こちらの半分はすぐに終わってしまい、そしてまた、全力で走る。増田さんの背中はふたたび、ざーっと瞬間移動的に遠ざかる。

距離としてはいつもより断然短いのだが、インターバルを入れたために、この時点でゼエゼエと肩で呼吸をするほどだった。たしかに同じペースで長く走る練習とまったく違う。
私はこれから週末ランのときにインターバルを入れますと増田さんと約束をした。
果たして、今後の大会記録は変わっていくのであろうか。乞うご期待。

2013 冬
ごまかし心満載の我

コアトレーニングと那覇マラソンその3

2回続けて参加したせいで、なんとなく、12月はじめの那覇のマラソン大会に、出なければならないような気持ちになっている。この大会、年々人気があがっているようで、今回は、エントリー開始日の午後には先着順の受付が締め切られていた。私はなんとかエントリーすることができた。

これでフルマラソンは4回目になる。私のような、いかにやる気のない、走るのがちっとも好きではないネガティブランナーでも、4回目となると、何か参加意義みたいなものを見つけたくなる。ゴール後の屋台で好きなだけ飲み食いして、その日の夜は打ち上げ宴会、それだけが参加意義ではいけないような気がしてくる。

参加意義――つまり、目的、目標のようなもの。

そうして考えると、私にとっての参加意義は、ひとつしかない。タイム短縮、である。

今までのフルマラソンの記録は、4時間43分、4時間40分とほぼおなじ、前回の那覇は4時間56分だったが、大雨だった故の遅れだろう。この4時間40数分は、私にはある意味で壁なのである。何度やってもそのくらいのタイムで走ることはできるが、それ以上早くならない。それでも、タイム短縮なんて目標を掲げたら、達しなかった場合早々と挫折しそうだから、今までずっとそんなことは考えないようにしてきた。挫折、というのは、私にとって今後いっさい走らない、ということを意味する。

けれども、また4時間40数分だろうなあと思うと、フルマラソンを走ることに倦《う》んでくるのである。だってあんなに一生懸命走ったってどうせ4時間40数分だろうさ……。わかっているのに、なぜ走る必要があろう? と。

折しも天下の増田明美さんにインターバル練習を習ったばかりである。よし。1分でもいい、タイムを短くすることを目標にしよう。目標達成しなくてもいじけて挫折するのもやめよう。

私は生まれてはじめて運動において前向きな気持ちになった。毎週末、10kmから15kmのランニングをやめ、5kmから10km程度にし、そのなかにインターバル練習を組みこみ、さらに、平日のお昼休み、近所の公園で3km程度のインターバル練習をすることにした。

500mくらい猛ダッシュして、500mはリカバリーでゆっくり走る、これを3回から5回、くり返すのがインターバル練習である。が、これが苦しいのなんのって！

運動嫌いの私は苦しいことを極力避けて運動してきた。だって好きでもないのに、苦しいことを課したら、もっともっと嫌いになってしまうではないか。でも、やると決めたのだから、やるのだ。なんとしても、やるのだ！

そうして自身を鼓舞してみてはじめて、私はじつにひさしぶりなものと、まざまざと顔をつきあわせることとなった。ものすごくひさしぶりなもの——それは、私のごまかし心である。

「限界」と言う自分のずるさ。

40代半ばともなればふだんは、手を抜くものと抜かないもの、できることとがんばってもできないことを、よく自覚している。掃除に手を抜いても、ひとりのときの夕食に手を抜いても、それはもうふつうのことで、なんとも思わない。買いもの時の暗算も、車の運転も、はっきりと「できない」ことがわかっているから、しない。しようとしない自分を、恥ずかしいとも、ずるいやつだとも思わない。

だからふだんの生活において「わー、私今ごまかしてる」「ずるしてる」と思うことは、まったくといっていいほど、ないのである。

ところがインターバル練習をはじめて、ぬっとあらわれたのである。ごまかし心満載の我。

５００ｍ猛ダッシュしようと思う。２００ｍでもうしんどい。「限界」と思って、そこでやめてしまう。しかしここで、私は自覚している。もう少しがんばれるけれど苦しいからがんばっていないだけで、限界と言っている自分のずるさを。次は３００ｍはダッシュしよう、と思う。けれど２５０で苦しい。やめてしまう。「増田さん、何メートルでもいいって言っていたし」と、言い訳まで用意する。

なんとなつかしい。私がこのごまかし心と自覚を持って向き合っていたのは、大学生のころだ。演劇サークルの厳しい身体訓練のとき、おんなじようにずるすることばかり考えていた。ときどき先輩にばれて、「おまえ、楽しようとすんな」とよく怒られていた。

２００から３００ｍダッシュして、のこり８００から７００ｍちんたら走る。これを３、４回くり返す。ああ、私はずるい、ずるい自分が恥ずかしい、でもつらいんだも

29回 NAHAマラソン

ん、と思いながら。

那覇マラソンの2週間前、担当者であるW青年から、大会に向けてコアトレーニングを受けましょう、という誘いを受けた。

那覇マラソンのスポンサーでもあるニューバランスのショールームで、専門の先生がアプリでランニングフォームをチェックし、トレーニングを組んでくれるというのである。早速お願いした。ちなみに、コアトレーニングとは体幹部を意識して鍛えることで、バランスをよくするというもの。

先生によると、私のフォームの問題点は、腕が振り切れていないこと、頭が前のめりになっていること、肩の関節が硬いこと。それらを改善するために組んでもらったコアトレーニングは、両足の裏を地面から離さずに股関節を意識して膝だけ曲げる足踏みとか、片足で立っての前傾、横傾など。両脚をぴたりとそろえて立ち、まずつま先をVの字に開き、そこからかかとをハの字に開き、またV、そこから最初の脚が揃ったかたちに元に戻す練習もあった。いつもやるハムストリングス（腿の裏側）のストレッチの、うーんと痛いバージョンもあった。肘を曲げて腕を、前に持ち上げるようにしてジャンプ、後ろに引き上げるようにしてジャンプ、という練習は、腕の振りにいいという。

ひとつひとつの動きはかんたんで、息を切らすことも汗を流すこともないのだが、しかし途中から、筋肉が笑うように震えはじめた。なんと瞬間筋肉痛。

1時間ほどのトレーニングを終えて、もう一度フォームをチェックすると、腕の振りや体の傾斜が、前よりぐんとよくなっているのである。

大会の1カ月以上前に3時間走ること、でも1カ月を切ったら、疲れを残さないためにたくさん走らないこと、と言われている。走るかわりに、こうしたコアトレーニングを積極的にやると、ずいぶんといいのだということも、このレッスンで教わった。ところがなんということか、翌日、昨日習ったことをやってみようと思い立つが、ほとんどすべて、忘れている。覚えているのは、脚をV、ハ、Vと動かすものと、腕を前と後ろに引き上げてのジャンプ、のみ。それでもやらないよりはいいだろうと、覚えているものだけ、なんとかやってみる。

大会1週間前。例年通り私はカーボローディングをはじめた。水曜日の夜、宴会があり、そこで会った人がおいしいと評判の煎餅を配っていた。私も勧められたが、「煎餅は米だから」とかたくなに断り、断っている自分に違和感を覚えた。そんなに本気になるようなことでもあるまいし。

那覇マラソンの前日、私とW青年を含む友人数人は、毎年集まっている友人夫婦の古酒《クース》酒場で前夜祭をした。明日があるから、あんまり飲むのはやめようねと言い合っていたのに、とある話題から急に場が盛り上がり、「泡盛2合」「もう2合追加」「もう1合」「やっぱりもう2合」と、だんだん、ただの宴会となってきた。翌日の大会がこわくてたまらない私だけ、ごく薄くしたサンピン茶割りを飲み、どんどんただの酔客となっていくみんなを見、チキンレースのようだ、と思った。もちろん私がぶっちぎりチキン野郎である。10時をまわったところで「もう帰ろう！」と言い放ったのもぶっちぎりチキンの私である。

翌日は、前回とは打って変わって気持ちのいい快晴である。けれど私の心はどんよりと曇っている。いやだなあ、と思いながらスタートの列に加わり、青い空を見上げてスタートの号砲を待つ。やがて花火が盛大に上がり、拍手が聞こえ、あ、スタートした、と暗い気持ちで思う。

37㎞で煎餅に思いを馳せる。

10分ほどで列が動き出す。奥武山公園を出て旭橋を抜け、県庁を見ながら国際通りへ——もう見慣れて、なつかしいとさえ思う道である。10㎞も走るより前に、恒例の

YMCA部隊（YMCAの曲を大音量で演奏し歌うグループ。走る参加者もみな合わせて踊る）があらわれ、そうか、こんなに最初のほうだったのかと驚く。

10kmから20km地点まではのぼりが続くわけだが、ここで、なんだか調子がいいことに気づいた。あんまり疲れていないのである。いつもペースを見ながら走っているのだが、今回は、心持ち速めのペース設定にして走っているのにもかかわらず、疲れがない。こ、これはもしかして、4時間40分を切ることができるかも……。

今回も那覇の応援はすごい。スタート後、4kmくらいでもう一般の人のフード提供がはじまっている。それが延々、続くわけである。

20kmであらわれる海には、やっぱり感動する。知っていても、わー、と声が出る。今回は青い空の下の、真っ青なうつくしい海だった。21㎞の沖縄そば地点を過ぎると、くだりも多くなる。くだり道はとくに体が楽に走ることができる。これはもしかしていけるかも。いけるかも。

なんかつらい、と思いはじめたのは30㎞を過ぎてから。脚が、とか、股関節が、というのではない、全体的にどんよりとつらい。腕を大きく振ると、それにつられて体も進むと思い出し、意識して腕を振る。

35㎞過ぎでは、歩きたい、という気持ちと闘わなければならなかった。前回は本当にざんざん降りだったので、もうこれは致し方ない、と幾度か歩いた。それを体が覚えていて、「いいよ少しくらい歩いたって」と、ささやいてくるのである。これを無視して足を止めないのでいっぱいいっぱい。そうしてトテトテ歩くように走りながら、カーボローディング中に味わった違和感について思い至ったのである。そうか。なるほど、わかったぞ。

今回は、大会前の「3時間走る」練習をしなかったのである。時間もなく、申しこんでいた30㎞の大会は台風で中止になってしまった。さらに、インターバル練習でずるをしたという自覚がある。コアトレーニングもぜんぶ覚えられなかった。私にちゃんとできるのは、カーボローディングしかなかったのだ。食べたり食べなかったりするだけでいいのだから、そりゃいちばん楽だし、楽なわりに「やってる」気持ちになることができる。ストイックに煎餅すら口にしないことで、私はさぼってずるをした自分を帳消しにしようとしていたのだと、37㎞くらいで気づく。

38㎞地点で、GPSを確認し、4時間40分を切ることはほぼ不可能とわかった。インターバル練習のときの、あれやこれやの言い訳やごまかしをまざまざと思い出しながら、ともかく歩かないこと、歩かないことと自分に言い聞かせてゴールに向かう。

41㎞からゴールまでがなんと長かったことだろう。結果は、4時間42分。ああ、私はついに、選択を迫られるところまできてしまった。4時間40数分から抜け出す努力を、ごまかさずに自分に課すか、それともこのタイムで満足するか。これ以上がんばるか、ここに甘んじるか。

まあ、今決めなくともいいさ。ゴール後にビールを流しこめば、なんだかもう、どうでもよくなってしまうのもまた常。とにかく歩かなかったことだけは、ちょっと自分を褒めてあげようではないか。がんばるかどうかは、そのあとで考えよう。

フルマラソン 4回目タイム
4時間42分

10キロマラソンと心拍数

タイムが縮まらない（でもがんばりたくない）、という壁の前に私は今立っている。

昨年（2013年）、夫もランニングをはじめた。はじめてみれば、大会に出てみたくなるのが人情。夫も例外ではなく、東京マラソンの1カ月前、新宿で行われるマラソン大会に、友人たちも誘って申しこんだ。ハーフマラソンから3kmの部まであるが、私たちが申しこんだのは10km。

10kmは、かつて2度、大会で走ったことがある。それぞれ、58分と59分という記録。私は4度走ったフルマラソンも4時間40分から43分という、ほとんどかわらないタイムになるのだが、10kmもそうだ。だから、今回だって、夫につきあって10kmを走るけれど、タイムなんて走る前からわかっている。1時間前後に決まっている。

この、「わかっている」感じ、本当に気分が盛り上がらないのだ。

さあ、やるぞ！　という気持ちにならない。さて、走るとするか1時間……、といったような心持ち。

けれどもあわよくば、1分でも2分でも、タイムが縮めばいいな、とは思っていた。わかっている。「縮めばいいな」、こう思っている時点でだめなのだ。タイムはだれかが（天候が、シューズが、奇跡が）縮めてくれるものではない。自分で縮めるものなのだ。

雨の予報が出ていたが、スタート前はなんとか曇り、雲のあいだから太陽まで見えた。

スタートは国立競技場である。ここをスタートし、神宮球場やテニスコート、青年館や絵画館の前を通って、外苑をぐるりとまわる。1周がだいたい2km半弱。4周して、最後はまた国立競技場に戻ってゴール。

10kmの部だから、仮装している人もいないし、地味な印象である。スタート後、みんな黙々と走る。外苑は木々が多くて本当に景色がきれいである。きれいだなあ、そういえば、増田明美さんとここをいっしょに走ったなあ、たのしかったなあ、と考えるが、2周、3周と続くと、何も考えなくなる。ただうつろな顔つきで、同じ道をひたすら走る。

国立競技場裏の広場で、何かのイベントをやっており、屋台がたくさん出ていた。全国のうまいもの屋台のようである。そこをとおるたび、目がそちらに吸い寄せられる。日本青年館前には、長蛇の列ができている。何かのコンサートだろうか。並んでいるのがみんな男性。そこも、とおるたび、私はちらちらと目をやり、いったいなんのイベントがあるのか、居並ぶ男性陣から察しようとしたが、わからない。彼らも、謎の集団を見るように走る私たちを見ている。

ゴール方面と周回路の分岐点に、大きな看板があり、「4周目からこちら」と大きく書いてある。4周目にさしかかった私は、もちろんゴール方面にいこうとするが、ともに走っている大勢の人たちは、みな周回コースに戻っていく。えっ、みんなまだ2周しか走ってないの？

はかりますはかります。

もしかして、この人たちはみんな走るのがとっても遅い人たちで、このなかでは私はダントツに速いのか？

でも、そんなことって人生で一度もなかったが……とGPSを確認すると、7km半くらい。ゴール方面にいくと、あと２km半の道程があるのか、それとももう１周するのか？　でも、看板には「４周目からこちら」とあるよな、と混乱しつつ、その言葉通り、ゴール方面に走り出したところ、係の人が「ちょっとあんた！」と厳しい顔で私を止める。「あんた本当にこっち？」と訊くのである。私はＧＰＳを見せ、今７km半だが、こっちでいいのかと訊くと、「あっちあっち」と、大勢の走る周回路を指す。なーんだ、看板が間違っているんじゃないか。私ひとりが速いなんてことはないよな。５周目からこちら、もしくは、４周目が終わった人はこちら、と書きなおすべきなのではないか。

そしてもう１周走って、いよいよ国立競技場に戻ってゴール。59分39秒……。しかも初めての大会である夫は58分４秒。なんだかおもしろくない。

む、やっぱりタイムが縮まらない。正確にいえば、タイムを縮めることができない(でも、極力がんばりたくない)。

ここまでずっと同じタイムだと、もうこれは、ちょっとした悩みのようになってくる。

私がタイム問題を抱えていることを承知している、Ｗ青年が、酸素摂取量をはかってみませんか、という。世田谷区にあるスタジオで、はかってくれるらしい。よくわからないながら、「はかりますはかります」と即答し、トレーニングウェアを持ってスタジオにいった。とにかく、「がんばる」以外のことなら、なんでもやるのである。

最大酸素摂取量、最大心拍数、そしてＡＴ値。この３つの数字をはかることによって、どのくらいの心拍数で練習すればいいのか、わかるというのである。

ＡＴ値は日本語で、無酸素性作業閾値《いきち》というらしい。

私たちが呼吸でやりとりするのは酸素と二酸化炭素。ゆっくり走るときはとり入れる酸素量は多くないが、スピードがあがるにつれて酸素の量が多くなり、吐きだす二酸化炭素も増えてくる。そして摂取する酸素の量と吐きだす二酸化炭素の量、その比率が急激に変わるポイントがあるらしい。そのポイントを参考に導き出すのが、ＡＴ値とのこと。

この値を、スタジオではかることができるらしい。

実際に計測する前に、スタジオのオーナーである石井基善さんに「タイムがずっと同じ問題」を話す。そうすると石井さん、「１㎞を何分というペースで走る練習ではなくて、心拍数を見て練習してみたらどうですか？」と言う。

たとえば、私が毎週末練習しているペースは、１㎞６分50秒から７分だ。そのくらいだと、10㎞走っても18㎞走っても、まあ、だいじょうぶ、という速度だ。そして実際、フルマラソンのときも、そのペースを見つつ走っているから、すべての結果がほぼ同じになるのである。けれどそのペース時の心拍数をはかったら、さっきの呼気でいえば、たいへん楽な有酸素運動程度のエネルギーしか使っていないかもしれない。それではLSD、つまり長くゆっくり距離を走るための脚作りのトレーニングにはなるが、タイム短縮の練習にはならない。

よく、運動しすぎて乳酸が出て、ばてばてになる、と聞く。乳酸、ってなんのことかわからないながら、しばしば耳にするので、私にとって「ものすごくコワイ何か」なのである。走っていて「乳酸が出ないように水を飲もう」とか「乳酸が出ないようにペースを落とそう」などとよく思う。その乳酸が出る、出ない、も、さっきの有酸素運動、無酸素運動と関係しているらしい。

有酸素運動をしているあいだは、脂肪が燃える。だからダイエット効果がある。乳酸が出るレベルの激しい運動になると、今度は糖が燃える。今の私に必要なのは、その境目くらいの運動をすること。

とりあえず計測しましょう、ということになり、更衣室で心拍数をはかるためのベルトを巻く。

そして、マシンフロアにいき、ダース・ベイダーのような、ガスマスクのようなものを顔に装着し、顔が変形するくらいきつくしめる。胸には心拍計を装着している。その奇妙な格好でランニングマシンの上を走るのである。まずはゆっくりしたペースから、徐々に速くしていく。ガスマスクはきついし、なかなかに走りづらい。シューゴ、シューゴ、と自分の息が鳴るのが、なんだかおかしい。窓から外を眺め、歩いている人がこちらを見上げたらびっくりするだろうなあと思う。中年ダース・ベイダーが必死の形相で走っていて。

15分後くらいには、ランニングマシンのベルトは高速でまわり、ほとんどダッシュ。もう無理無理無理無理無理、と思いながら走る。手で「無理です」と合図をすれば、終了。いろんな数値の出た用紙を印刷してもらって眺めるが、何がなんだかよくわからない。

わかりやすく説明をしてもらうと、私のAT値は、心拍数だと165くらい。心拍数を、150から160くらいに保って走ると、私に今必要なトレーニングになるのではないか、と教わる。ペースとしては、1㎞5分30秒で走るくらいだそうだ。それでずっと走っていると、心拍数は当然あがる。そうしたらペースを落とし、つねに160より下になるようにする。

それから、インターバル練習がそんなにつらいのであれば、15秒ダッシュ、45秒リカバリー、15秒ダッシュ、ということをくり返してみたらどうか、それに慣れたら、インターバル練習を再開してみたら、とのアドバイスもいただいた。

残念、フフフ。

頭で理解する、ということと、体を実際に動かす、ということは、当然ながらべつの問題である。頭で理解しても、体がそのように動くわけではない。でも、わかるとなんとなくすっきりする。何よりも、ペースを保って走るのではなく、心拍数を保って走る、という考え方に、目から鱗が落ちる思いだった。

でも、けれども。

AT値とか乳酸とかいろいろ学んだけれども、結論からいえば、やっぱりもう、がんばらなきゃいけないのだということに、帰り道、気づいた。ペース死守走の現状から抜け出すには、もう、がんばるしかないのである。そしてタイミングよく、「がんばるしかない」事態が起きたのである。

「極力がんばりたくない」が、「がんばってみるか……」に、ほんの少し転換する。かなり暗いトーンの決意であるにしても。

よし、と思った、その週末。

降りはじめた雪が、あれよあれよという間に積もり、最初は10年ぶりの大雪、と報じられていたのが、その日の夜には45年ぶりの大雪、となっていた。東京はそのくらいの大雪が降ったのだ。

翌日曜日は晴れたが、雪は積もっていて、ところどころ凍っている。これでは走れない。

そしてその翌週。また、金曜日に大雪が降り、土曜、日曜と道は雪で埋もれ、凍っている。これまた、走れない……。

週末しか走る時間の作れない私は、週末いつも、目覚めて雨だとちょっとワクッとした気持ちになりつつ、「雨だから走るのは無理、残念」と思う。「残念、フフフ」と。けれどこの続けての大雪には、さすがに焦ってきた。このままでは週末に「走らない癖」がついてしまう。

そしてその翌週、ランニングのできるような場所がなさそうな土地に出張で、これまた走れず。

焦った私は心拍計のついた時計を買いにいった。一度、心拍数をはかりながら走る、ということをやってみようと思ったのである。

しかし心拍計も準備ばっちり、あとは石井さんの教えを守るのみ、というその週末、今度は雨である。

なぜ週末しか走る時間が作れないかというと、私の仕事時間が、月曜日から金曜日、9時から5時までと決まっているからだ。そして平日の夜はたいてい、仕事関係の人たちと飲食しているので、夕方以降走ることは不可能だ。

けれどもこれだけ週末が見事につぶれてくると、不安になってくる。土曜、日曜が雪や雨だったら仕事をして、平日に走ろうかとまで思い詰めるようになった。

とりあえず現状としては、今週末が晴れることを祈って、心拍計の説明書をたんねんに読んでいるところである。

2014 春
なぜ異国で走ってるの?

ロッテルダムマラソン

『人生はマラソンだ!』というオランダ映画を見た。じつは、あまり期待していなかった。ポスターやパンフレットを見て、メタボリック症候群の中年男たちが、一念発起してマラソンをはじめるコメディ映画だろうと高をくくっていた。

それが、まったく違ったのである。運動をしたこともない中年男たちがマラソンをはじめる、という話ではあるけれど、それだけではない。仲間とは何か、家族とは何か、さらに、生きるとは何か、といった、真正面から向き合えば重くなりそうなテーマを、走ることにからめて、さらりと描いている。そして思いがけないラストに、私は深く感動した。

この中年男たちが挑戦するのが、ロッテルダムマラソンだ。やっぱり映画を見たW青年と、いい映画だったと盛り上がり、私たちもロッテルダムにいってみたいねと無責任に言い合っていたところ、この映画の配給会社さんから、ロッテルダムマラソンに参加しませんかとのお誘いがきた。

ロッテルダムマラソンは、まれなる好コースらしい。４時間40分の壁を突破できずに悩む私に、W青年が言う。「いつも走る那覇は、高低差があって意外と難コースなんです。ロッテルダムならタイムも短縮できるかもしれませんよ」と。よし！ いこう！

この話がきたのは今年になってから。ロッテルダムマラソンは４月。私は一念発起し、今までずっと避けてきた「がんばる」を、ともかく３カ月間、やってみることにした。つまりはそれが「がんばるしかない」事態である。前回お世話になった石井基善さんのアドバイスに従って、走るペースを上げてみた。ちなみに心拍計付き時計であるが、うまく計れず、ちょっと走っただけですぐに心拍数が１８０、２００に上がってしまい、そんなはずはなかろうと、使うのをやめてしまった。いつもは１㎞６分30秒前後で走っているところ、５分30秒前後で走る。疲れたらペースを落とすが、落ち着いたらまた戻す。

さらに、平日の昼休み、週に２度のインターバル練習も自分に課した。私は９時から５時までと時間で区切って仕事をしているので、昼休みも12時から１時間、と決まっているのである。お昼ごはんを食べる前、ジャージに着替えて、近所の公園を３、４

kmインターバルで走る。——と書くと、なんでもないことのようだけれど、もういやでいやでいやでいやでたまらなかった。週末のランニングは習慣になっているからまだいいとしても、平日の昼休み。1時間しかない休み、弁当を食べる時間を差し引いたら40分くらいしかない休み時間、公園に赴いて走る。しかも大の苦手な、ダッシュ、リカバリー、ダッシュ、リカバリーのくり返し。それだけの昼休み。

あーあ、今日はやめようかな、と思うときが何度もあった。そのたび「がんばるって言ったじゃないか！」と自分を叱咤し、「こんなことも2、3カ月で終わる」と自分をなぐさめ、ジャージにもそもそと着替えるのだった。

ところが、2月に入るやいなや、「練習しなくてもいいよ」と悪魔のささやきを、天候がしはじめたのである。週末になると大雪、ということが2回続き、その翌週は出張、今度は週末が雨。いつもなら、起きて雨だと「ひゃっ

ほう」と内心思う私だが、だんだん、だんだん、不安になってきた。練習不足でロッテルダム……。

　そんな事情とはまったく関係なく、ロッテルダムいきの日がやってきた。金曜日ロッテルダム着、日曜日がマラソン当日である。月曜日にはもう帰るから、観光できるとしたら今日だけだなと、土曜日、私はひとり町を散策した。ものすごく個性的な建築物と、世界初の歩行者天国アーケードのある、こぢんまりしたうつくしい町を、ただの旅行者のように浮かれて歩き、夕方になってはっとした。あまりにもたのしいから歩きづめに歩いたが、身につけた万歩計を見ると、2万歩も歩いている。2万歩でだいたい20km弱。私は激しく動揺した。明日40km以上走ろうってのに、なぜハーフほどの距離を歩いているのだろう？　明日脚が疲れて走れなかったらどうするのだ！　あわててホテルに帰って休み、夕飯時、やっぱりたのしくなって夕食とともにワインを5杯飲み、10時近くにはっと我に返り、明日が本番なのにいったい何を浮かれているんだ！　と、あわててホテルに帰った。

沿道から「ミツヨ！」の声援が。

当日は、肌寒いがみごとな晴れだった。スタートは10時半。30分ほど前にスタート地点に向かう。私はＦブロックだが、柵で仕切られたブロックに入るときのチェックが意外に厳重だ。並んでスタートを待っていると、だんだん、天気とは不釣り合いの暗い気持ちになってくる。不安要素が多すぎるのだ。まずはやっぱり練習不足。そしてランニングをはじめて以来の最多体重であること。前の日に歩きすぎたこと。欧米国なのでカーボローディングの炭水化物祭りができなかったこと。うつむく私を励ますかのように、急に大音量で音楽がはじまる。Lee Towers が生で歌う『You'll Never Walk Alone』という歌で、スタート前にこれが流れるのが、ロッテルダムマラソンの恒例らしい。驚いたことに、周囲の人たちがみな、朗々といっしょに歌っている。そうしてスタート。Ｆブロックだと、スタートゲートをくぐるまでに15分くらいかかるのだが、このときは5分ほど。走り出してから、なるほど、と思ったのは、コースが両車線を使っていて、道が広いのだ。市庁舎前をスタートし、そのまま中心街を通り、橋を渡る。橋を渡ると住宅街が広がっている。住宅街といっても、杉並区や新宿区とは異なり、ロッテルダムなわけで、光景として新鮮だ。戦火で焼けたロッテルダムは、戦後に復興を遂げた新しい町で、斬新でかっこいい建築物が多い。観光の延長のようなもので、スタート前の不安や緊張をしばし忘れる。

さて、私には作戦があった。フルを走るにあたって、今回はじめて作戦というものをたてたのである。前半20kmは、5分30秒ペースで走り、後半は様子を見ながら、いけそうなら5分30秒のまま、しんどければ6分30秒まで落としてヨシ、というもの。そのペースで練習していたからか、5分30秒から6分未満で走っても、さほど苦しくはない。5km地点ごとに給水所があり、水とスポーツドリンクは支給される。

歩道は、応援客でずーっと埋まっている。この大会では、企業からも一般応援客からも、フードの支給がないことは前もって知っていた。だから応援客は走る人たちを応援するのみ。私が今まで走った東京、那覇の両大会を思うと、スタート地点からゴールまで、だれかしらが何か食べものを差し出してくれているあの光景のほうが、異様なんだろうなと思う。それから驚いたのは、仮装ランナーがいないこと。裸足で走るキリストやら、オスプレイをかぶって走る人やら、武士やらメイドやらピカチュウやらが走るマラソン大会しか知らないので、だれも仮装していないとびっくりしてしまう。

応援客の持つ看板や旗に書かれた名前をちらちら眺めながら走っていると、驚いたことに、ミツヨ！ と私の名が呼ばれるではないか。顔を上げると、知らない子どもたちが満面の笑みで手を振っている。

出場者のゼッケンには、ナンバーとともに名前が印刷されている。見知らぬ人たちが、それを叫んでくれるのだと気づくが、やっぱりちょっと驚いてしまう。そして、なんともいえず、うれしい。思わずこちらも笑顔でガッツポーズをしたりして、気づけば、名前を呼ばれた直後はペースを速めたりしている。出場者に東洋人はあまり見かけなかったので、きっと目立つのだろう、老若男女がそうして名前を呼んで応援してくれる。

住宅街といえど、光景はいろいろだ。集合住宅が続いたり、広大な公園が続いたり、幻想的な林が右手にあったりと、景色としてはやはり飽きない。20kmまで、5分30秒のペースで走ることができた。けれども以前、30km走でペースをまちがえ5分30秒ペースで走ったとき、20km過ぎからがたがたになって、走れなくなったことがある。用心のため、6分〜6分30秒までペースを落とした。

ABN AMRO
ABN AMRO
2793

21km過ぎ、唐突にある疑問が浮かんだ。

はるばる遠くまできて、私、いったい何やっているんだろう？　なぜこんな疑問が出てきたかというと、そう、つらくなったのである。呼吸が苦しいとか、脚が痛むといった具体的な苦しさではなくて、もう全体的に苦しい。頭がぼうっとしてくる。25km地点から、スタート後すぐに渡った橋をまた渡るのだが、この上りがどうにかなりそうなくらいしんどい。走りながら私は考えた。もし具合が悪くなったとして、日本なら言葉が通じるし安心だけれど、ここではどうなるんだろう？　AEDはどこにあるんだろう？　そんなことを考えているとどんどん苦しくなってくる。手足の先が冷たくなり、外反拇趾の右足が軽く痙《つ》り、頭が痛くなってくる。もう、トトに会えないのかもしれないなあと不吉なことが浮かぶ。トトというのは飼い猫である。トトどころか、W青年にすらもう会えないかもしれない……。

このとき私は、猛烈な孤独を感じた。孤独とは、精神的かつ抽象的なことだとずっと思っていた。何かが満たされていない状態のことだと思っていた。違う、孤独というのは、「だれにも頼れず、自分でなんとかするしかない」という、物理的かつ具体的なことだ、と走りながら私は思った。倒れてもAEDはないかもしれない、救急車すらこないかもしれない、だれも助けてくれないかもしれない、だから倒れるわけにはいかない。昨日の歩きすぎもワイン5杯も、練習不足もすべて自分で引き受けるしかない。そう考えると、すーっと体が冷たくなって、気が遠くなる。これぞまさに、孤独だ！　私は悟ったような心持ちになった。

「ミツヨ！」と声が聞こえ、目を向けると、ふくよかな老婦人が、励ますように手を叩き、私をのぞきこんでミツヨと連呼する。その仕草と声音で、自分が今、泣き出さんばかりにうつむいて走っていたことに気づく。私は笑いガッツポーズをし、声援って偉大だなあと思った。孤独に作用するのは、頼りにはできないながらも、他者なんだなあと思い知った。

30kmのあたりで、ロッテルダムの皇居と呼ばれる広大な公園に出る。公園というより、森だ。木々が鬱蒼《うっそう》と茂り、池がある。童話の世界かと思うくらいうつくしい。この光景に少し気を持ちなおす。あれっ、と思ったのは35km地点あたり。私は計算が極端に苦手だが、GPSのタイムを見ると、3時間38分。あと7km、もし1時間かけて走ったとしても、あの魔の4時間40分よりタイムは縮まる……しかもこのペースなら、7kmを1時間ということはあるまい……。急に視界が開けた気がした。さっきの孤独も苦しさもとりあえずわきによけて、私は俄然前を向いて走り出した。ＧＰＳもこまめにチェックし、６分前後のペースを守る。そしてあることに意識を集中させる。終わったらビール、終わったらビール、終わったらビール、ゴールわきにあったカフェでビールの一気飲み！

40㎞を経過したとき、確信した。いける。あの分厚い壁を、今日こそ崩せる!!

ゴール付近の人の群れにＷ青年がいて、「タイム、いいじゃないですか！」と叫んでくれた。その姿が、映画のラスト、まさにこの道、このゴールで、中年男たちを応援する家族の姿にだぶり、落涙しそうになる。

そしてゴール。ああ、なんとタイムは4時間26分16秒!! 14分の短縮！ 私何やってるんだろうと思いつつ、ようやく、ようやくの新記録である。新記録に狂喜乱舞しながら私が思うことは、今度はこのタイムと闘い続けねばならぬのか、という、またしてもネガティブなことである。

フルマラソン 5回目タイム
4時間26分

2014 夏
苦行と楽しいのはざまで

棒ノ折山登山

山登りにいきましょう、とW青年が連絡をくれた。やった！　山登り！　走らなくていい山歩き！　いきますいきますいきます！　昨年みんなで登った大菩薩峠の、あの異様なたのしさを思い出して私は即答した。

梅雨の晴れ間の朝、新宿に向かう。写真家の川内倫子さんと、文春のKさんと、W青年の運転する車に乗りこんで出発する。向かうのは、埼玉県飯能にある棒ノ折山《ぼうのおれやま》。W青年曰く、初心者向けの、たのしく登れる山、とのことである。

この日私は二日酔いだったのだが、自分の内で「たのしく登れる山」＝「楽勝の山」といつの間にか自動変換されていたので、まったく何も心配していなかった。1時間半ほどで、棒ノ折山のふもとにある温泉施設、「さわらびの湯」の駐車場に到着する。午前10時半すぎに出発。まず車道を歩いてから巨大なダム沿いを歩き、登山口に出る。

登り道を歩きながら、ああ、走らなくていいんだなあ、と思う。まさに新緑の季節、鬱蒼と生い茂る木々の緑がうつくしい。去年の大菩薩峠は霧が立ちこめていて、この世ではないみたいだったね……途中でコーヒーをいれてもらって飲んだね……と、あのたのしかった山登りについて会話しながら、山道をずんずん進む。

10分ほど歩いたところで、沢に出た。いや、沢というのか、なんというのか、岩のあいだを水がほとばしっている。ふだんはちょろちょろとしか水の流れていない道なのだろうけれど、前日の雨で雨水が川を作っているらしい。とはいえ、幅はさほど広くないし、深くもない。私たちは水の流れをまたぐようにして、ジグザグに登っていった。

数メートル登ったところで、立ち尽くしている登山客がいる。夫婦とおぼしき2人組と、賢そうな飼い犬。登山が趣味なのだろうと思わせる格好をした人たちで、犬も、登山慣れしているようにおとなしい。

「ここから先、ずっとこれだよ」と、男性のほうが私たちに言う。

これ、というのは、川の状態のことである。たしかに、2人が立ち往生している場所から、流れる水の幅は広く、深く、速くなり、さらに勾配も急になっている。

「ちょっと、どのくらいまでこの状態なのか見てきます」と言うやいなや、W青年は河童《かっぱ》のようにひょいひょいひょいと、沢状態の岩場を登っていった。私たちも河童を見るように彼を見送り、その場に呆然と立ち、ごうごうと流れる水を見た。この水のなかを登っていきたくない、と私は密かに考えていた。でも、ここで折り返すのも面倒だ、とも。

岩にかじりつき足元をびしょ濡れにして

犬連れの夫婦はあきらめて帰っていった。なかなか戻ってこなかったW青年は、また河童のようにひょいひょいと滝のような流れのなかを下ってきて、「ここだけですよ！」と、ほがらかに言う。「ここがいちばんひどくて、ほんの少しいけば、この流れももう終わりです」と、私たちを見まわす。私たちは力なくW青年を見た。倫子さんもKさんも（本当だろうな……）というような顔つきで、W青年を見ている。私もだ。（もし本当でなかったら、Wよ……）と、その顔つきには含まれている。そんな顔で凝視されながらも、W青年はさわやかににこにこ笑っているので、出発することにした。意を決し、私たちは水のなかに足を差し入れる。

それはまさに、沢登りだった。流れはどんどん太く速く深くなり、私たちはすべらないよう、突き出た岩につかまりながら、さらに急になる勾配を登った。W青年の言う「ほんの少し」は、まったくほんの少しではなかった。（Wよ……）みんなの心の声が、水音に混じって聞こえるかのようだった。（許すまじ……）と続くつぶやきも。

彼にもその声はうっすらと聞こえたのか、W青年は、足をかける岩や、つかまる岩がない場所には、水中から大きめの木ぎれや岩を拾い、私たちのためにせっせと足場を作ってくれる。木ぎれや岩で橋を作る男なんて、すばらしくかっこいいとふだんなら思うが、このときばかりは（Wよ……）という思いがあるせいで、感動もせず暗い目でその足場を慎重に渡った。もちろんW青年は何も悪くない。昨日の雨でふだんならちょろちょろとした流れが、こんな状態になっているだけだ。

この過酷な行程は、実際「ほんの少し」どころではなかったのである。20、30分は岩にかじりつき足元をびしょ濡れにして私たちは沢登りをしたはずだ。ようやく沢から離れて、土の上を歩くことができたときは、泣きたいくらいうれしかった。体力の消耗とともに、二日酔いも霧散していた。

話す気力もなくなって、続く登り道を黙々と進むと、フェラータがある。岩に打ちこんだ杭にかかる鉄の鎖を使って登ることを、フェラータと呼ぶと私はイタリアで

習ったので、日本語でなんというのかわからないままだ。鎖に頼らなければならないほどの急勾配を、ひとりずつ登っていく。そこからほんの少し楽な道になる。「走らなくていい」と、私は登山のよろこびを思い出そうとする。「走らなくていい山はたのしい……」と胸の内でつぶやき、「はずだが、妙に疲れている……」と、先頭を歩くW青年の背中を暗い目で見る。

山のなかに舗装された細い道が出てきてびっくりする。この道路を横切って、また山に入る。「道路があるということは、あそこまでは車でこられるというわけか」と、どうしても考えがネガティブな方向に向かう。

そこからしばらく登っていくと、どーんとでかい岩が出てくる。記念碑のような岩だが、天然の岩で「岩茸石《いわたけいし》」という標識がある。ここにあるベンチに腰掛け、しばし休憩。ここからゴンジリ峠を通っていけば山頂に出る。

休憩を終え、ゴンジリ峠を目指して歩きはじめる。ゆるやかな登り道である。さらに進んでいくと、なんだかいやな景色が見える。それは木の階段。先が見えないくらい続いている。天国への階段、という言葉が思い浮かぶ。でも、いくしかない。山道に打ちこまれたこの階段、木の部分を踏むと、濡れていてつるりとすべり、土の部分を踏むと、ぬかるんでいてぐにゃりと靴が埋まる。なんとか歩きやすそうなところをさがして歩く。だんだん、だんだん、いやになってくる。もういやだ、もういやだ、もういやだ、という気持ちで体じゅうがいっぱいになってくる。

先だってのロッテルダムマラソンで気づいたのだが、私は、体がしんどくなるとネガティブな気持ちが体じゅうに広がるようである。「ああ、腿が痛い、息が上がってる、ペースを落とそう」と思うのではなく、「ああ、黒い気持ちが満ちていく、どうやら今、すごく疲れているようだ」と気づくのである。

ようやく「ゴンジリ峠」の標識が見えてくる。が、その先に、またしても不吉な光景が広がっている。そりですべったらたのしいような急勾配の登りが、これまた、先が見えないほど続いている。ずーっと続いている。真ん中の道は、植林中で閉鎖されていて、その両脇に歩道ができている。この先、山頂まであとどのくらい？　と訊くと、W青年は、「いや、けっこうすぐですよ」と答え、私はそれを聞いた瞬間に質問を後悔した。もう、W青年の「すぐ」は信用できないのである。みんなも疑わしい顔つきでW青年を見ている。でも、いくしかない。ああ、この「いくしかない」を、まだ山頂にもたどり着かない段階で、いったい何度くり返したことだろう。

私たちはそれぞれのペースで、ゴンジリ峠を登りはじめた。黒い気持ちに心も体も満ち満ちて、帰りたいとそれしか思わず、でも、ここから引き返すとあの沢を下るのだと思えば、もう前へ前へいくしかないと、そればかりの気持ちで歩を進める。去年の、あのたのしいたのしい登山は、いったいなんだったのだろう。ここは楽勝な山のはずだが……、いや、もしやそれもW青年の戯《ざ》れ言《ごと》……？

ようやく山頂に出た。空は曇っているが、周囲の山々や、登山口のダムや集落がはっきりと見渡せて、さすがに「登頂した！」とすがすがしい気持ちになる。山頂は広く、木のテーブルと椅子がある。山頂をぐるぐるまわって景色を堪能したあと、テーブルについてみんなで昼食をとった。黒い気持ちが消えて、たのしくなってくる。疲れ果てて食べるにぎりめしはおいしい。いれてもらったコーヒーもおいしい。W青年が作ってきてくれた弁当もおいしい。みんなのぶんのにぎりめしを作り、おかずも作り、すべて背負って沢登りをしたのかと思うと、あの（Wよ……）というニュアンスも大きく異なる。（許すまじ……）は消えて（できる男……）へと変わる。

腹具合、膝痛、足のつり。

そして昼食後、私は発見する。「棒ノ嶺《みね》（棒ノ折山の別名）　969M」、という標識を。

969m！　あんなに苦労して、疲れ果てて、たった969m！　山初心者の私は、標高と苦労は比例するものだと信じ切っていたが、そうではないのか。そのショックのせいかはわからないが、このとき急に腹が痛くなってきた。山頂に何か小屋みたいなものがあるので、トイレかと思ったがそうではない。おそらく、さわらびの湯に下りるまでトイレはない。もしかしたら登山者にはごくふつうのことなのかもしれないけれど、できるならば、屋外で用を足したくない。なんとか下山するまで我慢しよう。

もう一度岩茸石まで下って、いきとはべつのルートで下りる。下りとはいえ、すべったりぬかるんでいたりする階段が難所である。岩茸石からの別ルートは、比較的おだやかで、歩きやすい。途中、巻き道の右側一面が杉林の箇所があった。まっすぐ伸びる杉が、三面鏡を合わせたようにどこまでも続く。なんて幻想的な光景だろう。

木々の隙間から、ポー、ポー、と山鳩の声が聞こえてきたり、まるで話しかけるような鳥の声がしたりする。あじさいのがくの部分だけでできているような花が、一面に咲いていていたりする。ようやく、見たり聞いたり嗅いだり、五感で山を味わう余裕が出てきた。一方でトイレにいきたい気持ちは消えないしみのようにある。どうか、下山するまでたいへんなことになりませんようにと、鳥の声を聞きつつ、杉の向こうに目をこらしつつ、祈る。

おだやかな下りを進むと、だんだん傾斜がきびしくなってくる。しかも木の根や岩に足を置くと、ずるりとすべるときがある。慎重に足場を選び、木の枝や岩につかまりながら下っていくと、脚の腿裏側が痛くなってくる。しかも左膝が痛み出した。その痛みのせいなのかどうか、左脚のすね部分が軽くつってしまう。でも、歩けないほどではない。腹具合、膝痛、足のつり。三重苦ではないか。

そのうち、空の一部がどす黒く染まりはじめた。木々に覆われた道がいきなり暗くなる。遠くで雷が響く。あっという間に空は全体的に暗くなり、あちこちで雷が響き渡りだした。ざーっと雨がくる前に急ごう、とみんな言って少しピッチを上げる。急ごう、と私は私の腹具合のために同意して、急ぐ。それにしても山で聞く雷の、なんとおそろしいことか。

下山する直前に雨が降り出した。ああ、間に合わなかったか。それでも、雨が降り出して5分程度でさわらびの湯の駐車場にたどり着いた。私は一目散にトイレを目指し、膝痛も足のつりも消えていることに気づいた。

今回の登山、梅雨時期だったのがいけなかったのか、それとも、私がなめていたのか、ちっともたのしくなかった。ひたすらつらかった。苦行とか修行といった言葉しか思い浮かばない。でも、このつらさも含んで、山のたのしさなのだろうか。もう一度、べつの山に登ってそこのところを知りたい。もう登りたくない気もするが、でも、私の知りたいことは、登らなくてはわからない。

2014 秋
山にも相性がある

鳥海山登山とお尻骨折

はたして登山はたのしいのかどうか、もう1回登って考えなくてはならない。棒ノ折山があまりにもつらすぎた私は、前回そう書いた。するとW青年からすかさず、「そのことをたしかめるためにもう一度登山をしましょう！」という、前向きな提案がなされた。

そうして、夏も終わり、秋の気配も感じられるようになったある日、私たちは鳥海山に登るために秋田へ向かったのである。

登山前日に秋田に到着し、当日は、早朝4時に出発する。まず車で5合目までいき、そこから登山スタートである。

4合目に着いたのは5時過ぎくらい。暗かった空も少し明るくなっている。あれが頂上だと言うW青年の指の先を見ると、はるか彼方にそびえる山がある。いやー、あんなところまでとてもじゃないがいけないわ、と思ったが口には出さない。

　がんばろうと言い合って、5時半、登山スタート。今回のメンバーは、カメラマンのEさん（初登山女子）、Sさん（初登山女子）とW青年、私、案内役を買って出てくれた秋田県庁の山男2名である。

　出発地点は鉾立《ほこたて》。そこから御浜《みはま》小屋をまず目指す。2時間くらいで小屋に着くという。登山道の最初はアスファルト、それから石造りの階段になっている。歩いているうちに太陽が出てくる。まあたらしい太陽に照らされた山の緑がうつくしい。

　ときおり歩いてきた方向を振り返ると、眼下にばーんと広がる町と、そこから続く日本海が目に入り、まだ5合目を出たばかりなのに、その景色が圧巻で、何度も何度も「わあー」と言ってしまう。

　標識に「秋田・山形県境」と書かれているのを発見する。山に県の境があるのはお

私の登山スタイル

もしろい。「頂上は山形県なんですよ」と、山男氏たちは悔しそうに言う。鳥海山の山頂へはものすごくたくさんルートがあり、秋田側からも山形側からも登ることができるそうだ。6合目の賽の河原を過ぎ、ひたすら登りを歩く。つらくなると振り向いて、「町と海」の壮観な景色を眺め「わー」と思って気をまぎらわす。

7合目の御浜からは、鳥海湖という湖が見下ろせる。標高1700mから見る湖は神秘的である。湖を見下ろして朝食のおにぎりを食べる。山で食べるおにぎりはなんておいしいのだろう。ここからまっすぐ南に、月山が見える。私は以前一度、月山の麓に泊まったことがある。あのときははるかに仰ぎ見ていた月山が、ずいぶん低い位置にあることに、驚いてしまう。

あそこが頂上だと鳥海山のてっぺんを指し示す山男氏に、「えーっ、こんなに歩いたのに、あんなに遠く?」とSさんが私の気持ちを代弁するように言ってくれる。「いや、月山に登りにいくよりは近いでしょう」と山男氏。たしかに……。

突如霧散した異様な興奮。

休憩後、出発する。やがて岩岩した道はやわらかい土の道になり、登りばかりでなく下りもある。周囲は真緑の傾斜、ときおり真緑のなかに黄色いニッコウキスゲや紫のリンドウが咲いている。今までに登った山々は、ずっと木々に覆われていたが、この山には木がない。木がないのがおもしろい。頂上はまったく近づいて見えず、遠くにあるままだが、それでも私はこの時点ですでに登山ハイになっていた。たのしくてたのしくてしかたがないのである。だれかのちょっとした発言に、ギャーッハハハハハ!! と腹を抱えて笑い出したいほどなのだ。8合目を過ぎても、そのたのしさはまったく消えない。やっぱり登山はたのしい! と早々と結論づけそうになり、いや、相性だ、と気づいた。人と人に相性があるように、人と山もきっと相性がある。おしゃべりな人が苦手なように、私は景色が変わらない山は苦手なようである。

しかし、私のその異様なハイテンションは、突如霧散した。七五三掛と書いて「しめかけ」と読む地点を過ぎたところで、道が急に狭まり、左手の斜面が急勾配になる。切り立った一本道を歩いているような感じ。軽く高所恐怖症のケがある私は恐怖にとらわれ、ほとんど這うような格好で、左手を見ないように先を急いだ。先を急ぎながらも、足をすべらせ、急斜面を転がり落ちていく自分の姿が幾度も思い浮かび、そのたびにすくみ上がる。滑落という言葉が胸の内でリフレインする。足をすべらせる感覚、とっさにつかんだハイマツの葉の感触、つかんだハイマツがちぎれる感覚が、ぜんぶ生々しく我が身に広がる。そうか、恐怖というのは「想像できる」ということなのだなと妙に納得しつつ、先を歩くW青年を抜いて先へ急いだ。

しばらく歩くと分岐点が見えた。ここから、南にいく「外輪山《がいりんざん》ルート」と北にいく「千蛇谷《せんじやたに》ルート」がある。どっちもなんだかこわそうな名前である。私たちは山男氏のアドバイスに従い、外輪山に向かう。

頂上まで、ずーっと王冠のように山の稜線が続いているのだが、この稜線を歩くのである。分岐点から見ると、そんなの無理だよ、いけっこないと思うが、その稜線に目をこらすと、歩いている人がたしかにいる。

外輪山コースは、鉄の階段を登ったり、岩を登ったりと、かなりアクロバティックな動きを要求されるが、でも、さっきさんざんこわい思いをした私は、道幅があり、急斜面が目に入らないだけでありがたい。文殊岳《もんじゆがだけ》、伏拝岳《ふしおがみだけ》、行者岳《ぎようじやがだけ》と続く稜線歩きは、意外にもたのしい。前にそびえるひときわ高い岳に、いけるはずないと思いながら、気がつけば越えている。頂上もすぐそばに見える頂上小屋も、だんだん、だんだん、はっきり見えてくる。この季節に解けていない雪渓もある。

頂上をぐるりとまわりこむように稜線を歩き続け、そしてついに、頂上へと続く道が見えた。稜線をいったん下りて、あらためて登るのだが、ここからごろごろ岩の道

になる。手のひら大くらいの岩で、歩くと岩が動くので慎重に歩かなければならない。私は慎重に歩きつつ、目の前の頂上を見やる。小屋があるところは頂上ではない、そこからさらに、今歩いている道よりもっと大きな岩が積み上がったその先が、頂上なのである。

「みんながみんな、あの先までいくんですか」私は山男氏たちに訊いた。

「いえ、小屋までで登頂とする人もけっこういますね」との答え。

もちろん私が考えたのは「私もそうしようかな」である。ロッククライミングみたいに岩につかまりながら、あの頂上にいくのはなんだかいやだ、と思ったのである。でも、いかないとこのエッセイに「頂上までいくのは面倒だからいかなかった」と書かねばならない……。それもどうか……。

そんな黒いことを考えていたところ、踏んだ岩がごろりと転がり、すとんと両脚を前に投げ出すような格好で転んだ。運の悪いことに、尾てい骨ちょうどの位置に、三角錐型に尖《とが》った岩があり、尾てい骨を直撃し、「フンギャーッ」と思わず大声が出た。ものすごい激痛だが、立ってみると、立てる。歩こうとすると、歩ける。しかし一歩踏み出すごとに、激痛が走る。転がり落ちる自分はあんなに生々しく思い描けたのに、なぜ転ぶ自分を思い描いていなかったのか。

頂上、これでは無理だ、と私は思った。2年前、私は転んで尻を強打し、松葉杖で歩かなければならなかったのだが、その痛みがおさまったのは1カ月以上してからだ。それよりは軽度といえ、無理してはいけない。と、いうより、無理したって無理だ、この痛みのまま積み上がった岩を登るのは。

そしてやっと、あんなにはるか彼方に見えていた小屋に到着!! やったーと叫びたい気持ちだ。ここまでで、約5時間である。小屋の前の広場で壮大な景色を見ながらお昼ごはん。さっき、頂上にいきたくないと黒いことを考えたばかりに、バチがあたったのだ、と私は考えながらおにぎりを食べた。そうだ、あの転倒はまさに山の神さまからのバチ。そーら、登れなくなったぞ満足か、というコワイ声が聞こえるかのようだ。

食事を終えると、みんな頂上にいくという。疲労困憊《こんぱい》していた初登山の女子、Eさん、Sさんはいかないだろうと思っていたら、2人ともいくという。尻の痛む私に見送られ、みんな頂上へと向かう。そしてW青年は、何を思ったのか、みんなが両手両足でジャングルジムのように登る、急な岩壁を、タンタンターンと走り出したのである。そのうしろ姿は猿か野人にしか見えない。ほかの登山客も驚いて見ている。あっという間にてっぺんにいき、見えなくなった。尻が痛むので身動きできないまま、私

は白昼夢のようなその光景を見ていた。ちなみに、山頂は2236m。神社や小屋のあるところは、それより60mほど低い。

尻の痛みを差し引いても。

小一時間でみんな頂上から下りてきて、帰路についた。帰りは千蛇谷から七五三掛を目指す。この下りは、ずーっとごろごろ岩である。歩くたび尻が痛み、そろりそろりとした足取りになるが、そのくらいがちょうどいい。

岩道が終わると、スケートリンクのように大きな雪渓がある。ここを渡っていく。夏の終わりにまさか雪の上を歩くなんて思わなかった。そして帰りの、七五三掛に向かう途中も、さっきの、幅細く、右が急斜面という恐怖の道に出た。しかも靄《もや》がかかり、下が見えないのがこわい。見えてもこわいが、見えなくてもこわい。吸いこまれそうなのである。また無言でスピードアップする。

ようやく七五三掛まで出たら、今度はきたのと同じ道を引き返す。振り返ると、緑に波打つ山の稜線が見え、あそこを歩いたのだと思うと感慨深い。七五三掛からの道は、一度歩いたはずなのに、不思議となんにも覚えていなかった。湖が見えてきて、ようやく「ああ、ここだ！」とわかる。湖が空の雲を映して、とんでもないうつくしさである。この世ではない光景を見ているみたい。

さらに1時間半ほど歩いて、ようやく駐車場が見えてくる。目の前にはまたしても、暮れかかる陽を受けて、けぶったような町と波のない海が広がっている。尻がどんなに痛くとも、その景色にはやっぱり見とれてしまう。

「もう着くか」と思ってからが、予想外に長い。歩けども、歩けども、歩けども、ゴールは出てこない。西日が斜めから強くさしこむ。ああ、この石畳のような道、見覚えがある……と薄ぼんやりと思いながら歩いて、ようやく、アスファルトの道になる。

ついに、ついに、ついに、登山口があらわれる。やったあああ。時計を見ると午後4時半。11時間、休憩を抜いても10時間くらい歩いたことになる。万歩計を確認すると3万4００数歩。登山口から山の頂をもう1回眺める。あれに登ったんだなあ、と思うと自分を褒めたい気持ちになる。

鳥海山、登りはじめたときから、ゴールまでずーっと、尻を打ちながらもたのしかった。こわい道と、歩きづらい岩道はあったけれど、それを差し引いても「うつくしい」「たのしい」ばかりが残る。10時間いっしょに歩いた、W青年、初対面のSさんや2名の山男氏が、昔からよく知っている友だちみたいに思えてくる。

今回学んだのは、相性の合う山に登ると心底楽しい、ということ。だから、できるだけ自分の好みをはっきりさせておかなくてはならない。交際する相手のように。

ところで山に登った3日後、打った尾てい骨があまりにも痛むので、病院にいったところ、仙骨を骨折していた。なんと生まれてはじめての骨折である。尻はこの先1カ月以上痛むらしいが、この先の痛みを差し引いてもまだ鳥海山はたのしくてうつくしかった。初骨折も誇らしいほどだ。いい時間を過ごすと、失恋という痛みもやがていい思い出になる、これまた、男女の妙のようですな。

2014　冬
好きだったのか、そんなにも

陣馬山トレイルレース

仙骨を折ってしまったので、運動ができない。歩けるが、走ることはできない。お医者さんに、「いつごろ運動できるようになりますか」と訊くと、「あなた、運動できるような気がするの？」と逆に訊き返され、「まったく、てんでしません」と答えたところ、「まあ、そういうことですよ」と言われた。

いつごろ運動できるかなどと訊いたのは、運動したいからではない。まったく運動などしたくないのだが、夏に申しこんだフルマラソンが3カ月後に、その予備練習にと申しこんだトレラン大会が2カ月後にある。そのために練習しなくてはならないのである。

週末になると、目覚めてすぐ、仙骨の痛みを感じるとともに「走らなくていいのだ」と思う。しかし胸に広がるのは安堵ではなく不安。走らなくてだいじょうぶだろうか。

あんまりにも不安なので、骨折から2週間後、おそるおそる、ゆっくりゆっくり、走ってみた。すると着地するたび、尻と腰にずーんずーんと重い痛みが走る。それでもなんとか6㎞ほど走ってみたところ、翌日猛烈に痛むではないか。無理はするものではない。

それにしても、尻の骨を折っているのに走ろうとする人間に自分がなろうとは、今の今まで思わなかった。フルマラソンとトレランに備えて、走らなければならないという気持ちもあるが、習慣のせいもあるだろう。8年間も毎週末走っていると、走らないと何かよくないことが起きるような気がするのだ。そういえば、亡き母が、「毎年梅干しを漬けているのに、ある年漬けなかったら、よくないことが起こる」と言っていたのを思い出す。あれは「起こる」という言い伝えではなくて、「起こるような気がする」という人の心の代弁ではなかろうか。まさに私もその心理状態。尻の骨が折れている、ということ自体、よくないことであるのに、走らないと何かよからぬことが起きる気がするとは、まったくおかしな心理である。

ようやく痛みがなくなり、そろりそろりと走ってみて「だいじょうぶだ!」と思ったのが1カ月後の10月半ば。ところが8㎞ほど走ったところで急激に脚が重くなった。まるでフルマラソンの35㎞地点くらいに重い。愕然とした。8年ほど毎週末走って培った筋肉がたった1カ月でこのざまか。なんというか、半日かけて作った御馳走を、20分で食べられてしまったみたいな気分だ。12㎞まで走ったが、それ以上は脚が重すぎて走れなかった。

ともかく12月のマラソンまでに、少しでも筋肉を取り戻さないといけない。しかし10月の半ばから月末まで、スペイン、イタリアへ出張があった。スケジュールを見ると、びっちり仕事が入っていて、とても走れる時間など作れそうもないのだが、とりあえずランニングシューズは旅行鞄に入れた。滞在中、なんとか1日だけ、10㎞走ることができた。

うーん、これじゃあ筋肉は取り戻せないよ、と思いつつ、11月9日を迎える。

新年の初詣のような渋滞。

陣馬山《じんばさん》トレイルレースである。標高差は605m、全距離23・54㎞。トレランでは15㎞までしか走ったことのない私には、はじめての距離だ。

フルマラソンの1カ月少し前に、3時間以上、もしくは30㎞走るといいと言われている。以前は私も律儀に守っていた。が、だんだんやらなくなる。なんとかなるさ、と思ってサボる。それを防ぐためにこのような大会に申しこむのである。申しこめばそれは義務ランとなり、いやいやでも走るようになる。

JR藤野駅から大会会場まで、えんえん30分曇り空の下を歩く。受付会場に貼ってある紙を見ると、１５００人参加の大会で、女性はたった２００人。たしかに周囲は男ばっかりだ。男に人気の大会なのだろうか。ストレッチ指導があり、『三百六十五歩のマーチ』に合わせて体操があり、開会式がある。

スタートは9時。しばらくはアスファルトの道が続き、走りやすい。山道に入っても、道が広く他のランナーとぎゅうぎゅうとすることもなく、のぼりもゆるやかで、そんなに苦痛を感じない。のぼりは歩くと決めているが、私でも走れる程度の傾斜である。

ところが５㎞地点あたり、ちょうど明王峠で突然の渋滞となる。元日の参拝のごとく、列はぜんぜん進まない。ここがきついのぼり道ならば休めてラッキーと思うのだが、走りやすそうな道なのでちょっと焦る。私のうしろに並んでいたランナーも、「ずっとずーっと先まで渋滞だ」「この先がつづら折りになってて、そこもまったく動かない」「まだ５㎞だぜ？　どうすんの、これ」と話し合っている。ときどきゆるゆると列は進む。そんな状態が、30分くらい続く。山道にいるスタッフの人もこの場所のいらいらをわかっているのだろう、「あと10分程度で渋滞は終わります！」と叫んでいる。しかし長かった、この渋滞。富士山登頂時の行列を思い出すほどだ。

この渋滞を抜けてからの道がすばらしい。足元はふかふかの落ち葉、杉の木の向こうに紅葉の木々、眼下には相模湖、しかも平坦な道が続くのである。渋滞を抜けた私は「ワホーイ」と両手を掲げながら走りたいほどの解放感を味わった。なんかもう、どんどん走っちゃう。どんどん走っても疲れない。うれしい。

奈良子峠《ならごとうげ》を過ぎると、今度は傾斜がきつくなる。しかも私の大の苦手な木の階段があらわれて、ずっと続く。こういう階段を見るたびに、だれかが木を背負ってこの山道をのぼってきて、杭を打って作ってくれたのだと深い畏敬の念にとらわれ、嫌ってはいけないと思うのだが、やはり階段はつらい。脚がどんどん重くなる。ヒーヒーと息が切れる。

階段が途切れ、山道をあがっていくと陣馬山だ。ここで7㎞。曇りでも絶景。遠くの山々が、雲のあいだから頂をのぞかせ、墨絵のような幻想的なうつくしさである。テーブル席に座って食事をしたり、写真を撮ったりしている登山客を眺めつつ、茶屋の前を過ぎてなお走る。一の尾根と呼ばれるここからの道が、また「ワホーイ」の下り坂。いや、わかっている。つらくしんどいのぼり坂のあとだから、苦手な階段攻めのあとだから、ムチのあとだからこその飴だということはわかっているが、それでもやっぱり、平坦だったりゆるいくだりの山道はすばらしい。私はもしかして本当にトレランが好きなのかもしれない。

くだりは岩も階段もない、木の根っこが張った土の道で、木の根を踏むとときどきすべるが、注意すればじゅうぶん走ることのできる傾斜である。すべって転んでまた仙骨を痛めるかもしれないなんて、思いつきもしない。あまりにもたのしくて、足を止めることができなくなり、私はくだり坂をにやけた顔で走り続けた。その後の地獄など想像もせずに。

くだりを下りきると、アスファルトの舗装路に出る。11・92㎞地点。ここで給水とバナナの配布がある。水はアルマイトのまるい器に入れて配ってくれるのだが、これが感動的においしい。バナナを食べている男性も、「何このバナナ、すっげえうまい。もう1個食べていいですか?」と訊いている。その手にはバナナの皮すでに2本ぶん。「いいよいいよ、おいしいでしょう、たくさんお食べ」とスタッフの中年女性は満面の笑みである。私はバナナはもらわず舗装路に出る。

舗装路はいきなりのぼり道。傾斜がきついので、とりあえず走らず、歩く。顔を上げると、そびえるように紅葉した山々が見える。わーきれい、きれいだなあとつぶやきつつ歩く。歩く。歩く。

え？　ようやくここで、「つらい」と気づく。舗装路は、山道よりは歩きやすいが、でもずーっとのぼりなのである。急なのぼり道が続き、脚がどんどん重く痛くなる。先を見据え、急なのぼりはあそこまで、あそこからはくだり、と自分に言い聞かせて脚を引きずって歩き、なんとか「あそこ」に着くも、そこからのびているのはゆるやかなのぼり。歩けども歩けども、のぼり。

周囲の人も歩いている。ときどき、のぼりがゆるやかになったとき、走り出す人がいる。だれかがそうして走り出すと、「走らねば」という気持ちになるらしく、私も含めみんな走ってみるが、３ｍくらいでギブアップ。つらすぎる。脚が本気で痛いのだ。さっきあんなに調子に乗って走ったからに違いない。

小憎たらしいのが、この舗装路、ときどき平坦に見えるのだ。よし、たいらな道だ、いいかげん走ろうと思って走り出すと、微妙にのぼりになっていることに気づく。のぼりだと気づいて歩くのだが、そうして数ｍ走るたび、脚につながった鉛が増えていくような気持ちになる。

紅葉の山々はうつくしい。しかしつらい。精神的にもつらい。舗装路を歩いていることがつらい。でも走ると体がつらい。この板挟みがつらい。

この舗装路、おどろいたことに７kmにも及ぶのである。この７kmを、私は走らずほぼ歩いた。「この道はトレイルじゃない、車道ではないか」と胸の内でぶつくさ言いながら。

ようやく舗装路が途切れ、最後の給水所があらわれる。ここからゴールまでの４kmちょっと、ようやく山道になる。

山道は「ものすごく甘い飴」。

開会式で、主催者の方が「ラスト５kmでみんな心が折れるので、今年から、あと５km、あと４km、あと３kmといった案内を貼りつけました」と話していた。それを聞きながらどれほどきつい道なのだろうと内心震えていたのだが、つらいつらいつらい舗装路が終わって、足元が枯れ葉と土と木の根っこ、頭上に木々、しかもくだり道、そのすべてがうれしくてうれしくて、またしても「ワホーイ」である。両手を挙げて踊りながら駆けたい。

私はどうやら山道が好きなのだ。自分でも知らなかったし、机の前に座っていると「そんなに好きか?」と疑問に思うが、舗装路ではないことがこんなにもうれしいなんて、好き以外の何ものでもない。いや、実際は、「ものすごく痛いムチのあとの、ものすごく甘い飴」にしかすぎないのだろうか？

心が折れるというラスト、私は一度も歩かず走り続けた。山道でスタッフが、「あと3㎞です！」「あと2㎞、がんばれー」と声をかけてくれる。やがて山道が、またアスファルトになり、見覚えのある場所が見えてくる。いよいよゴール。

ゴールでは、ひとりひとりのために係の人がテープを持ってくれている。照れくさいけれどうれしい。そのまま完走証をもらいにいく。タイムは4時間13分9秒。この大会の制限時間は4時間30分。ぎりぎりセーフのようなものだけれど、完走できたのがうれしい。

痛む脚を引きずって、配布されているすいとんをもらいにいく。適当な場所に座ってすする。おいしい。また来年もきてね、とスタッフのおじさんが声をかけて通りすぎていく。そういえば、受付でゼッケンを配ってくれる人々、山道で案内をしてくれる人々、応援をしてくれる人々、水やバナナを配布する人々、この大会にスタッフとしてかかわっている人々は、中学生から高齢者までさまざまな年代の地元の人たちのようだけれど、びっくりするくらいにこやかで親切なのだ。すいとんを食べながら、そんなことを思い出してあたたかい気持ちになる。

14時過ぎ、会場を出て駅に向かうころには、脚がぱんぱんにふくれあがったように感じられ、しかも、前もも、前すね、足の裏、ふだん痛くなったりしないところがひどい痛みである。駅の階段を下りようとしたら転げ落ちそうになって驚いた。あわてて手すりにつかまり、一歩ずつ下りる。笑ってしまうくらい痛い。これで、少しでも筋肉はできてくれるだろうか。

あっ、そういえば仙骨はちっとも痛くならなかった。全快全快。

2014 冬
ワレ真実ヲ
発見セリ

那覇マラソンその4

3年続けて参加した那覇マラソンであるが、エントリー者が多すぎて、今回ついに抽選になってしまった。どきどきしながら応募して、当選の知らせがきたときは思わず「やった」と声が出た。そう声を出してから気づく。私、マラソン嫌いじゃん……。いやいや、マラソンできることが「やった」ではない、今年も那覇にいけることが「やった」なのだ。

12月最初の土曜日、那覇空港に到着した。その日は例年通り、参加する友人たちと飲みにいく。今回、初フルマラソンの人がいて、私たちはたいそう盛り上がって、「沿道の人が差し出している透明の水は、泡盛かもしれないから飲むな」だの「サーターアンダギーは体じゅうの水分を持っていくから食べてはならぬ」などと、自分たちが最初に言われたことをくり返した。この初参加の友人は、時間が経つにつれどんどん無口になり、しまいには「膝が痛いような気がする」と言い出した。ああ、本当によくわかる。膝が痛くなったらどうしよう、腰が痛くなったらどうしようと思っているうちに、本当に痛いような気持ちになってくるのだ。この日はわりあい早い時間に解散、私は11時には就寝した。

この夜、私は悪夢を見た。朝5時半、目覚ましの音で目覚め、朝食を食べにレストランにいく。毎年泊まっているホテルのビュッフェごはんである。皿におかずをのせ、味噌汁をよそい、テーブルに運び、ごはん茶碗を手にごはんをよそいにいくと、炊飯器が空である。毎年のことだが、マラソンに出る人でレストランはすでに混み合っているし、しかたないな、ちょっと待てば出てくるだろうと思い、おかずだけ食べはじめる。

スタッフが炊飯器のおひつを替えているのが見える。よかった、ごはんがやってきたと思い、また茶碗を持ってそこにいくと、何人かがすでにごはんをよそっていったあとで、また、ごはんがない。ほんの数粒が底にはりついているだけ。震えるほどのショックを受けながら席に戻り、また続きを食べる。と、また、おひつが交換される。急いで向かう。それでも数人に先を越され、のぞくと、おひつはまたしても空。

こんなことってあるか。今日は混むってわかっているだろう。マラソン前は炭水化

第30回 NAHAマラソン

物を食べねばならないと知っているだろう。なのにこのごはんの足りなさはなんだ。卒倒するかと思うほど私は怒り、その怒りをスタッフにぶつけてごはんをもらいたいのだが、それができない。おかずだけ食べてとぼとぼと部屋に帰り、それでも怒りとショックがおさまらず、「ご意見シート」を取り出して猛然と怒りを書き連ね、そうしながら、私ってなんて陰険なんだろうと思っている。

ここで目が覚めた。目が覚め、夢でまで陰湿な自分に再びの自己嫌悪。しかも全身汗だく。そんなにショックだったのか、ごはんが食べられないことが。なんだか人間がみみっちすぎないか。

また寝なおして、予定通り5時半に起きてレストランにいった。ごはんはちゃんとたっぷりとあった。

ロッテルダムで見えた真実。

そしてスタート地点に向かう。Aからはじまるブロックの、私はG。空は雲があるが、澄んで晴れている。やがて全員でのカウントダウンがはじまり、9時ちょうどにスタートの号砲が鳴る。ここから15分は列がまったく動かないのには慣れている。ゆるゆると行進するように列は進みだし、スタート地点を通過したのは9時20分くらい。ブラスバンドの奏でる音楽に早くも感動して泣きそうになる。

毎年走っている、県庁前を通って国際通り、ひめゆり通りと過ぎていく。去年は21km地点までずっとのぼりだったという印象がある。ところが今年は体が楽で、そんなにのぼりばかりではないとわかる。

今年4月のロッテルダムマラソンで、私はある真実をつかんだ。それは、「ばてるときはばてる」ということ。それまで「あとでばてるといけないから、速いペースにしないように」と私は自分に言い聞かせて走ってきた。もっと速く走れる、と思っても、後半のためにセーブしていたのである。しかし、わかったのだ。セーブしてもしなくても、どっちみちばてるときはばてる。だから、走れる、と思ったときはセーブなどせず、無理のない程度に速いペースで走ったほうがいい。その真実に則って私は1km5分30秒ペースで走った。

今回はやけに調子がいい。恒例のYMCAを踊りつつ歌って、10km地点を通りすぎ、15km地点を過ぎ、とっても苦しい18kmからののぼりも、まだへいき。鼻呼吸のままだし、疲れもない。私にいったい何があった？

すぐに気づいた。トレイルランニングである。ほぼ1カ月前に参加した、約24kmのトレラン。あれが、なんだかわからないけれどものすごい効果を及ぼしているらしい。20㎞地点でタイムを確認すると、2時間6分ほどだ。これはものすごくいいペースではないか！

20㎞の地点は海が見える。曇り空を映してグレイがかった海だが、やはりここでは毎回気持ちが解放される。中間地点、平和祈念公園のアーチをくぐり、配布されている沖縄そばを今年も食べずにただ眺めて過ぎる。

23㎞までのくだり道を気持ちよく走り、ようやくつらくなってきたのは24㎞地点から。ここから、ゆるやかなのぼりとくだりがいやな感じでくり返し続く。今までの楽さが嘘のように体がだるく、脚が重くなる。

歩こうか……と誘いかけるような声が頭に響く。歩いても平気じゃない……？ここまで、実際ペースはいつもより速いのだ。少しくらい歩いても、またすぐ走れば、鉄壁となっている4時間40分よりは早いタイムでゴールできるのではないか。そうだ、だいじょうぶだいじょうぶ、歩こう……。何度も何度も「歩いてしまおう」と思いながら、はたと気づいたことがある。

ここで歩いてもだれにもばれない、ということだ。もう無理だと決めて、走る足を止め歩いてしまっても、だれにも気づかれない。私だけが知っている。そう気づいてちょっと愕然とした。いちばん苦しい（と思う）ときに、もうだめだと決めつけてズルをする。そんな私の姿を、もし神さまが見ていたとしても、それっぽっちのどうでもいいことは見た瞬間に忘れるだろう。でも私は忘れない。24㎞を過ぎてからののぼり、25・5㎞を過ぎてからふたたびののぼり、自分がズルをして歩いたことを、神さまは忘れても私だけはぜったいに忘れない。

考えてみれば当たり前なのだが、私はこのことにはじめて気づき、ちょっとこわくなったのである。忘れない私は一生、「あのときズルをしたもんね……」と自分に向かって言うような気がする。歩こう……、という誘惑を、その恐怖で抑えこみ、ペースを落としつつ走り続けた。そしてこの日、35㎞を過ぎるまでチューチュー（という名のアイス）も果物ももらわない、と決めていたのだが、「歩かないかわりに、チューチューを許そう」と、沿道でチューチューを差し出すちいさな女の子から1本受け取り、走りながらチューチューと吸った。この、なんというおいしさ！　甘さが体じゅうに広がり、消滅しかけていた力が湧いてくるではないか。あの女の子は、へなへなの大人に、こんな走らせる力を与えたなんて知ることなく成長していくんだろうなあ、と思ったらまた泣けてくる。

30㎞までいけば道は平坦になる。脚は痛むが、呼吸も落ち着き、のぼりの苦しさからはとにかく逃れられる。おにぎりやみかんやバナナや、黒糖やチョコレートといった差し入れフードを横目に見つつ走りながら、私はまた徐々にペースを上げる。のぼりの道では1km6分30秒から7分ペースだったが、前半の、5分30秒を意識して走る。それにしても、ちょっとすごいことではないか、30kmを過ぎているのに5分台で走れるなんて！

私はわくわくとGPS時計を確認し、どのくらいでゴールできるか計算しようとした。おそらくこのままがんばれば、壁となっている4時間40分より早くゴールできる、ということはわかる。しかしどのくらい早いか、計算の苦手な私はいくら考えてもわからない。

38kmを過ぎて、いきなり体が重くなった。今までずっと鼻呼吸で走れたのが、大きく口を開けてゼエゼエと息をしないと進めない。そして最後の最後で、どこまでも続くかに思えるのぼりがあるのを忘れていた。目の前の人の列は、ずっと坂をのぼっていく。その坂の終わりが見えない。つらい。本当につらい。

朦朧としながら私は自分の得た真実を思い出す。「ばてるときはばてる」、ああ本当だ。まことに真実だ。今日はいつもよりペースを上げたけれど、ここではやっぱりこんなにばてる。セーブして走ってきたとしても、ここでばてないはずがない。どちらにしてもばてるのだから、よかったのだ、がんばって5分台で走ってきて。

チューチューと誘惑の関係。

と、真実の絶対性を確認するやいなや、また、悪魔のささやきが耳元によみがえる。だから、もう歩いてもいいんだよ……、いつもよりがんばって速く走ったんだから、少し歩こうよ……。

38㎞から40㎞過ぎまでの道程は、この声との壮絶な闘いだった。もう、本当に本当に歩きたい。100mでもいい、500mでもいいから歩きたい。もう脚も心臓も関節も腰も内臓もぜんぶ痛い。ぜんぶ痛いけれど、少しだけ歩けばまた走り出せる。ささやきはどんどん大きくなる。

私は必死で、さっき気づいたばかりのことを念じるように思う。ここで歩けば自分にばれる。私だけが自分のズルを知っている。神さまは忘れても私は忘れない。そう思うと、不思議に脚は動き続ける。そしてチューチューに頼った。不思議と、1本のチューチューを摂取するだけで、疲労困憊と「歩こう」の誘惑に打ち勝てるのである。

このラスト近くののぼり坂だが、39㎞を過ぎると道が曲がっていて、先が見えなくなる。だから、曲がった瞬間にきっとくだりになるのだろうと期待が生まれる。しかしその期待で胸をふくらませて角を曲がっても、まだのぼりは続くのである。このときの絶望感は半端ではない。崖から落とされたような気分になる。もう何度も味わっているはずなのに、今年も崖から落とされたような気分でえんえんと坂をのぼり続けた。

ゴールのスタジアムが見えてくる。もう道はくだりで、スタジアムに着けば平坦になる。最後の力を振り絞って走る。

はうう、なんとか歩くことなくゴール。そのままふらふらと完走証をもらいにいく。なんと！　ネットタイム4時間33分！　過去の那覇のタイムより7分も縮まったではないか。うわー、なんだかすごいことだ。何がすごいって、みずから体をはって真実をつかみ、それをもとにがんばって真実の証明をしたこと。ばてるときはばてるのだ！　だからばてていないときにがんばってしまうのだ！

さらに、もうひとつ私は真実を発見した。それは、トレランがマラソンのものすごくいい練習になるということだ。これはよく言われていることだけれど、こんなふうに自分の体で実感すると、ちょっとびっくりする。何度もつらい局面はあったけれども、全体的に楽に走ることができたのはトレランのおかげだ。何より驚いたのは、レース後の筋肉痛がまったく違う。去年まではロボット歩きになり、手すりに両手でつかまらないと階段はのぼりおりできなかった。それが今年は、痛みはするものの、ハタから見たら「マラソンに参加しなかった人」のように歩くことができる。さらに翌日に、ほとんど筋肉痛がなかった。おそるべし、トレラン。

私の得た、私だけの真実がふたつもある。そのふたつを元に、次に何を目指すか、今のところは保留だが。

フルマラソン 6回目タイム
4時間33分

2015
グリーンスムージーと雨の日のダイコン

三浦国際市民マラソン

この2年ほど、毎朝、自家製の飲みものを飲んでいる。とくに理由はなく、なんとなくはじめてみたのだ。果物と野菜と豆乳をミキサーに入れて、ガーッと攪拌《かくはん》する飲みものなのだが、これ、グリーンスムージーと呼んでいいものかどうか。

グリーンスムージーは爆発的に流行ったから、その名を知る人は多いだろう。それを飲むようになって6kg痩せたという人も知っている。体調がぐんとよくなったという人も知っている。

でも、はたしてグリーンスムージーってなんぞや、と考えてみると、今ひとつよくわからない。私もかつてインターネットで調べようとしたけれど、なんだか情報がたくさん出てきてわからなくなってくる。野菜はどのくらいとか、果物は何種類までとか、容器に入れて1日持ち歩いて飲むと効果的とか。そして私のように豆乳入りやヨーグルト入りは、厳密にグリーンスムージーというのかどうか、わからない。知ることそのものが面倒だ。

やはり長くグリーンスムージーを愛飲しているという、W青年に「豆乳入りははたしてグリーンスムージーか」と訊いてみたところ、違うと思う、と答えたあとで、W青年は栄養素と効果的な吸収について理路整然と答えてくれたのだが、理路整然過ぎて（そのときはわかったような気がしたのだが）よくわからなかった。

結果、「グリーンスムージーのことは、ま、いっか」とズボラ式に片づけていたところ、「グリーンスムージーについて学びにいきましょう」とW青年から声が掛かった。この人、わからないことを「ま、いっか」にしないただしい人なのだなあ。

というわけで、『グリーンスムージーをはじめよう』の著者である山口蝶子さんに、「グリーンスムージーってなんですか（私の飲んでいる豆乳ドリンクはグリーンスムージーですか）」と訊きにいった。

山口さんによると、グリーンスムージーの定義は「葉野菜＋果物＋水をミキサーで混ぜたもの」、ただそれだけ。

そもそもグリーンスムージーとは、緑色の葉野菜を摂るために考案されたものらしい。葉野菜はクロロフィルとアミノ酸を豊富に含んでいて、タンパク源と考えることもできるという。

　アミノ酸！　走るようになってからよく耳にする言葉、アミノ酸！　エネルギー源になったり、筋肉をつきやすくしたりする何かではなかったっけ。かつて私はラン後にはアミノ酸飲料を飲むようにしていた。グリーンスムージーを飲むようになったランナーから、長距離ラン後の回復力が早くなったという声も、よく聞くと山口さんは話してくれた。かんたんにいえば、葉野菜はもんのすごく体にいいのだ。

　葉野菜は、葉であればなんでもいいが、旬のものが望ましい。セロリ、ほうれん草、青梗菜《チンゲンサイ》、小松菜、などはもちろん、大葉、三つ葉、アシタバ、セリなどでもいい。大葉にアシタバ！　意外である。果物は、熟したものがいい。冷凍してあるものもＯＫ。苦い味と甘い味と酸っぱい味がそろうと、おいしくなるらしい。たとえば、苺（甘さ）とグレープフルーツ（酸っぱさ）とセロリ（苦さ）など。ちなみに、フルーツ六に葉野菜四の割合がおいしいとのこと。

葉野菜摂取の重要性を学ぶ。

　ラン前と後に適した材料の組み合わせを訊いてみた。エネルギーになるものがほしいラン前は、バナナとブルーベリーとオレンジとほうれん草。水分補給と疲労回復が必要なラン後は、グレープフルーツとパイナップルとパセリ、など。グレープフルーツは薄皮つきでもいいが、ていねいにとったほうが断然おいしい（私の感想）。

ところで、パセリは消臭効果がすごいらしい。パセリ入りグリーンスムージーを飲むようになって、加齢臭のなくなった人もいるという。

さて、私の疑問である。豆乳を入れたらそれはグリーンスムージーではないのか？山口さん曰く、豆乳を入れてもかまわないが、できれば、べつに飲むほうが望ましい。なぜならそうしたもの（豆乳、牛乳、ヨーグルトなど）を入れると、消化に負担がかかってしまうそうだ。

でも「結局のところ、好き好きですよ」と言ってくれて、ちょっとほっとする。豆乳を入れてもいいし、1ℓでもコップ1杯でもいい。持ち歩いてもいいし、朝だけ、あるいは夜だけでもいい。とにかく、大切なのは毎日飲むこと。そのためには、自分が面倒と感じない方法で、おいしく作ることがだいじ、なんだそうだ。

ならば私のはグリーンスムージーと分類してもいいのだな。でも豆乳入りはグリーンにならないからホワイトスムージー……いや、ホワイトでもない……。

なぜ私がこんなに豆乳に固執しているかというと、豆乳に含まれるイソフラボンには更年期障害を緩和する効果があると何かで読んだからだ。きたるべき更年期に向けて態勢を整えているのである。効くかどうかはわからないけれど。

私は自分の「調子」関係に疎《うと》く、体調や肌の調子の善し悪しがまったくわからない。なので、豆乳入りスムージーを飲むようになって、調子がよくなったかどうか、じつのところわからない。少なくとも痩せてはいない。でも太りもしていない。更年期はまだだ（たぶん）。でもとりあえず、葉野菜摂取の重要性を学び、調子はともあれこれからも自家製スムージーを飲み続けようと決意した。

その決意の2週間後、ランニング大会に出た。山口さんに教わったラン前スムージーを作ろうかと思っていたが、大会のこの日、とんでもない早朝に家を出ねばならず、作っている時間がなかった。

三浦国際市民マラソンという、三浦海岸で行われるもので、ハーフの部もあるのだが、ちょっと日和《ひよ》って10㎞の部にエントリーしていた。昨年はじめて大会に出た夫もいっしょである。私はずーっと練習を続けているが、おそらく夫は昨年1月の大会以来、ただの一度も走っていない。

夜が明けてもどんよりした空模様だったが、三浦海岸駅に着くと、小雨がぱらついている。そんな空の下、3月1日だというのに桜が満開である。河津桜という早咲きの桜だ。駅からは大会に出る人が列を作って歩いていく。私もその列に従って歩き、更衣室となっている公民館で着替え、会場に向かう。

会場は海沿いにあり、砂浜にはスポーツ用品やビールの露店が並んでいる。それにしてもすごい人。10㎞の部は、自己申告制のゴールタイムごと順に列になっている。だいたい1時間かかる私は、60分〜70分の列につく。そして気づく。この列はいちばん最後の列。制限時間は70分なのだ。

ぱらぱらと降っていた雨が、スタートを待つあいだにやみ、空も明るくなってきた。ああ、よかったと思ったものの、スタートと同時にまた降りはじめた。スタートしてすぐ、暗い空に花火があがる。スタート地点では地元中学校の吹奏楽部による演奏がある。その前を走る。

10㎞の部がスタートしてから7分後、ハーフマラソンのスタートがある。途中まで同じ道なので、ハーフの選手のために、二車線道路の右側を空けなければならない。係の人たちが道沿いに立ち、その旨を伝え続けている。

海沿いの道をずっと走る。さして広くない道の半分だけなので、私を含む10㎞後方の人たちは列のままずらずらと進む。ペースを上げることができないほど混んでいる。これってなんだか体に覚えがある……と思い、学校だと思い出す。学校で、グラウンドをこうして走らされたなあ。みんなでかたまって、列になって、ぐずぐずと走ったなあ。体がそのときのことを思い出し、気持ちが重くなる。無理矢理走らされていたころは、本当にいやでいやでたまらなかった。自動的にその当時の気持ちになるのだろう。

12月のフルマラソンで真実をつかんだ（つもりの）私は、1km5分強の（自分にとっては）速いペースにして、1時間以内のゴールを目指していた。だから、ずっと続く列のだらだら走りに焦る。GPSを見ると1km8分近いペースで、それがどうやらずっと続くのだ。そして、雨はどんどん強まってくる。ハーフの先頭ランナーがどんどんと私を追い抜いていく。

住宅街を走る一本道にはけっこうなアップダウンがある。まだ走りはじめて3kmくらいなのに、10kmの先頭ランナーたちが帰ってくる。私は知らないのだが、箱根駅伝のスター選手がゲスト参加しているらしく、戻ってきた彼に一般ランナーたちはハイタッチを求めている。笑顔でハイタッチしながらゴールへと駆け抜けるさわやかな人は、山の神の柏原くんというらしい、とあとで聞いた。

髪から顎から水滴が。

ようやく列もばらけ、少しペースを上げられるようになってきた。と思ったら、前方にえっと思うほどの上り坂がある。ゆるやかなカーブを曲がると上り坂の全容が正面にあらわれる。おそろしいことに、上り坂はえんえんと続いている。おそらく5km の折り返し地点まで続いているのであろうと思われる。しかもかなりの急勾配。山だったらぜったい歩く。が、10kmだし、歩いてはいかん、歩いてはいかんと自分に言い聞かせ足を動かす。左手には海が広がっているのだが、眺める余裕もない。しかも雨はさっきよりも激しくなっている。髪から顎から水滴がしたたる。

風呂に入りたい！ 思わず叫びそうになり、そんな自分に驚く。私は風呂が嫌いで、入らずにすむなら入らずにすませたい。風呂に入りたいと思ったことなど、今までただの一度もない。その私が、今、風呂に入ることを心底願っている！

ああ、風呂風呂。雨を洗い流して、あたたかい湯船で四肢をのばして「はーっ」と言いたい。風呂に入りたい。風呂風呂風呂風呂風呂。

折り返し地点手前でほんの少し下りになって、また上りになって、そうして5km地点で折り返し。さっきの長い長い坂を、今度は下りる。ああ、下りって楽。ようやく道は空いて、5分台のペースで走れるようになった。数は少ないが、沿道で応援してくれる人たちもいる。

下りが終わって、またちいさなアップダウンをくり返す。GPSを確認する。目指していた1時間以内になるかどうか、きわどいところだ。8kmを過ぎてスピードを上げるも、さっきの上りでそうとう脚が疲れたらしく、すぐにばててしまう。

ラスト1km、ダッシュだ！　風呂だ！　と自分に号令をかけるも、ダッシュできない。ああ、ズルしてるなあと思いながら走り、ゴール。タイムを確認すると、1時間0分11秒。なんだか残念なタイムだなあ。

完走証を受け取る。この大会の参加賞は、Tシャツと三浦大根なのだが、雨に濡れ疲れた私は一刻も早く風呂に入りたくて、暗い目つきで大根もTシャツももらわずに更衣室を目指した。

去年エントリーした新宿の10kmマラソンのタイムは、59分だった。フルマラソンのタイムは縮まりつつあるのに、10kmが遅くなるというのは、あの急勾配の坂のせいか、それとも列のせいか。いや、単純に自分のせいかもしれない。いつか、55分くらいで走ってみたい。目標設定が低すぎるだろうか？

念願の風呂（近所の温泉）に入ってみると、参加賞の大根をもらわなかったことが悔やまれた。が、風呂後に合流した夫が馬鹿でかい大根をぶら下げていたので一安心。グリーンスムージーには適さない野菜だけれどね。

2015
サボってはならぬ、ナメてはならぬ

鎌倉トレラン

毎週末、走っているわけだが、いったい何年くらいこんなことをやっているのかなあと数えてみると、たぶん、9年前からだ。もちろん9年前は10㎞どころか3㎞も走れなくて、1㎞から毎月毎月徐々に距離をのばしていったのだった。

9年も続けていると、習慣になる。好きだの嫌いだの、走りたいだの走りたくないだの考える前に、起きたらランウェアに袖を通すようになる。けれどもどうやら、サボり癖も出てくるようである。このサボり癖はたいそうおそろしい。癖というものは習慣に匹敵するのだ。

4年くらい前、まさにサボり癖がついた。走っている途中で、「なんだかもう走りたくない。今歩いたら、さぞや気持ちがいいだろうなあ」と思い、その思いに打ち勝てず、歩いたのである。そうしたらまあ、なんと気持ちのいいことか！　私のランニングコースは、川沿いの、緑ゆたかなところなのでいっそうその感は強まった。自然のなかの散歩は本当に気持ちがいい！

一度そうして歩いてしまうと、もう歩き癖がつくのである。こちらとしては、そんなもう5年も6年も、雨が降らないかぎり毎週末きちんきちんと走っているのだから、ラン途中に2、3回歩いたってどうということはなかろう、と思っている。来週、歩かず走ればいいんだもん、と思っている。ところが1回歩くことを許してしまうと、以後、ずっと取り憑かれるのである。「ここで歩いたら、さぞや気持ちがいいだろうなあ」という誘惑に。いやー、これには参った。その後に参加したマラソン大会で、やっぱり私は歩いたのである。「あちゃー、歩いてるよ」と思いながら。

歩き癖は必死になおした。歩いたら最後、と崖っぷちの気分で走るようになり、今も、歩きたい誘惑にかられるたびに、歩いたら最後歩いたら最後と呪文のようにつぶやいて走っている。

しかしながらこの2カ月ほど、週に一度しか走っていない。一度も走らなかった週もある。どこも怪我していないし、腰も痛めていない。二日酔いだったのである。二日酔いで起きられず、午後から用事があって時間がとれなかった。それが理由。

これもまた、癖となるのである。週に一度でいいかな……と思いはじめては、イヤいかんいかんと思いなおす。とにかく週末の深酒はやめようと心に決めるものの、飲んでしまえば「私べつにアスリートでもないし、明日走らなくたってどうってことないじゃん」と開きなおって飲む飲む。

これではいかん、週に2回、またちゃんと走ろう、最近10㎞しか走っていないのもよくない、前みたいに、18㎞、20㎞と走る日も作ろう、と悶々としている私に、トレランしませんか、というW青年からのさわやかな誘い。

ほうほう、トレラン。山を走るのは、去年の11月に陣馬山の大会に出て以来だ。W青年と山というと、行程がやたらつらかったり、ただの溝が雨で増水していたり、転んで尻の骨を折ったり（これは私の責任です）と、何かしら災難が待ちかまえているが、でも場所は鎌倉の山だという。鎌倉の山ならちょろいだろう。

「鎌倉＝海」という印象。

そんなわけで、連休のまんなかの平日、鎌倉に集合した。鎌倉はいつでも観光客で混んでいる。私が子どものころからそうだ。

私は神奈川出身なので、いちばん近い海といえば鎌倉だった。子どものころにもよく連れてきてもらったが、いちばん足繁く通っていたのは高校生のころだ。放課後に鎌倉までやってきて小町通りでお茶をしたり、江ノ電に乗って由比ヶ浜や七里ヶ浜で降りて、浜辺で凧揚げをしたりずっとしゃべったりしていた。だからどうしても、鎌倉＝海、という印象がある。いや、海という印象「しか」ない。

W青年に連れられて駅の喧噪を抜けると、ぽつぽつと飲食店や商店はあるものの、観光客の姿がまったくなくなる。そのままずっと進むともう住宅街だ。住宅街のあいだにでーんでーんと寺があるのが鎌倉らしい。

そして驚いたことに、住宅街のど真ん中から山に上がる道がある。住宅街から続く階段を上がると、いきなり山。山、ということは上り。そうだった、トレランはまず最初、上りからはじまるんだよなあと思いながら、よっこいしょよっこいしょと歩く。この道は、名越切通《なごえきりどおし》というらしい。かつて鎌倉から三浦半島へ抜ける交通路であり、今は、鎌倉と逗子の境にある古道である。切通とは、山を切り開いて作った人や馬が通れる道のこと。耳で聞いたことはあったけれど、そんな意味もちゃんとは知らなかった。

上りきると、木々の合間から町が見え、海が見える。つらい上り道が終わって、ようやく気持ちのいい季節であることに気づく。山を覆う木々はこざっぱりとした緑で、吹き抜ける風が気持ちいい。

上りが終わったので、走る。わほー、上りじゃないって、すばらしい！

平日とはいえゴールデンウィークの真っ最中なのに、ハイキングする人の姿がまったくなく、なんだか山を借り切った気分で走る走る。「やまなみルート」と表示されている登山道に入るが、道の右手が米軍施設になっているらしく、立ち入り禁止区域である。山のなかにそんな区切りがあるのも不思議だが、木と雑草の鬱蒼と茂った区切りの向こうから、ラジカセで流しているらしきロック音楽が聞こえてくるのも奇妙である。白昼夢みたい。

やがて米軍施設も過ぎて、アップダウンは比較的少なくて走れる道が多くなり、うれしくなる。途中、竹が上部で不思議と重なり合って、アーチを作っている場所があり、これがまた幻想的でうつくしい。このなかを通り抜けるとき、ちょっと得意な気持ちになる。

この先に果樹園がある。ゆずやみかんといった果実をぜったいにとるなと看板があり、果樹園のなかを道が続く。もうないはず、と思っていた上り坂がここからまた続く。もうないと思っていたばかりに、倍しんどい。呼吸が乱れる。鎌倉、ちょっとやりすぎじゃないか……海の町ではなかったのかよ……この山の本気度はなんだ……、

と、つい心中で毒づいてしまう。
いやもう、まったく本気の山である。すごいなあ、鎌倉ってこんなに山深い場所だったのか。全然知らなんだ。たしかにこのきつい上り坂を終えて四方を眺め下ろすと、ぐるりと山がそびえている。七里ヶ浜、由比ヶ浜と鎌倉まで続く海岸沿いを見てみると、その背後にもずっと山が続いている。ここからずーっとそっち方面まで、山のなかを走ることもできるそうだ。反対側（私たちの進行方向）にずーっと走れば、逗子、葉山を過ぎて三浦半島の突端、油壺へもいけるらしい。へええ、山はつながっているんだ、それはすごいことだ、と思いつつ、位置関係がまるきりわからない。油壺といえば、先

だって走った10㎞レースのあとでいった温泉があるところ……ということは、あそこからここまで、走ろうと思えば走れるわけか。

逗子、葉山、三浦というと、子どものころから何度も訪れた場所なのに、それぞれ電車でいくから、まったくつながりがわからない。じつはこの日こうして山の高みから見下ろして、あっちがどこそこということをW青年の説明を聞いて、生まれてはじめて「鎌倉・逗子・葉山・横須賀・三浦、さらに金沢八景」という場所がひとつながりになったのである。

走るのは相も変わらず嫌いだが、感動するのはこういうときだ。自分の足で縫うことによって、それぞれ知っている町が立体的につながる、その静かなる興奮。いつか1日かけて山をかき分け三浦のほうまでいってみたい、江の島ならもっと短時間でいけるかも、などと、その興奮に浮かされるように思ってしまう。実際にいくとなったら、あんなことを思うのではなかったと後悔するはずなのだが。

さて、ここからの道が本当にすばらしい。東京から近い場所とは思えない、いや日本とも現在とも思えない、神聖で幻想的で、遠近感が狂うようなうつくしい光景が広がるのである。木々がまっすぐにのび、葉が生い茂り、落ち葉で覆われた地面には陽射しが複雑な模様を描いて落ちている。静かで、空気が澄んでいて、見上げれば空が高く、その景色のすごさにハイになり、こんなところを走れる自分はしあわせだ！　とすら思う。その道の先に熊野神社がぽつりとあらわれ、これまたなんともいい風情。熊野神社から朝比奈切通へ向かう道も、光景はすばらしいのだが、途中足元がぬかるんでくる。下り道なので、すべらないよう注意しながらそろそろと走る。朝比奈切通にはガイド連れの観光客がいた。たしかに地形や、道のそこここにある石像の類、切り削られた山の表面など、なんだか興味深かった。

この切通のどんつきに湧き水が滝のように流れ落ちる場所があり、ちいさな池ができている。水が冷たくて気持ちいい。

山と町が溶けこむ不思議。

ここで一度車道に出て、ふたたび山を走る。にぎやかな人の声がしてきて、やがて休憩所があらわれる。峠の茶屋には、そば、おでんといった看板があり、ハイキング客たちの談笑する声が響いている。なんだか急に現実の現在に戻ってきたような不思議な心地がする。そこには寄らずに通りすぎ、そのままさらに走る。急に視界が開ける。大平山、鎌倉市最高地点だという看板が掛かっている。眼下に鎌倉の町が広がっている。ここは絶好のピクニック場所らしく、シートを広げて家族連れやカップルが食事をしたりお茶を飲んだりしている。

その山を「覚園寺《かくおんじ》」という看板のほうへ下ると、眼下には住宅が並んでいる。本当に山と住宅街が隣り合っているのだ。そうしてふっと山道が終わる。

すごいな、この唐突感。山と町がこんなに溶けこんでいるのが不思議。

舗装された道を走っていく。道の両側は豪邸がずらりと並ぶ。少し広い道に出ると、道路沿いに葉を茂らせた木々がずらりと並んでいる。桜の木だ。4月だったら絶景だろう。

住宅だけでなく、飲食店や商店も増えてくる。急に走りたくなくなる。気がつけば、ものすごく疲れている。今まで景色に夢中で気づかなかったのだ。なんとか走るが、ちょっと気持ちに負けて何メートルかは歩いた。

鎌倉宮を通りすぎたとき、「あっ、ここきたことある！」と少し気持ちが上向きになり、また走り出したが、次にさしかかった住宅街が坂道だったため、もう完全に走る気なし。

だらだらと歩いてゴール地点を目指す。夜だったら、とてもひとりではこわくて通れないだろう、苔むしたトンネルを抜け、ひたすら歩いてゴール地点の安国論寺に到着する。

アップダウンが計算には入っていないから正確ではないけれど、GPSは13・5㎞を示している。2時間40分ほど。

前回、フルマラソン前にトレランを走って、トレランのものすごさにはじめて気づいたのだが、なかなか山にいく機会もなく、機会を作る気概もなく、半年もやっていなかった。さすがに放っておくと、体もなまるらしい。ものすごく疲れていたし、最後はまたしても歩いてしまった。

ランニングのように毎週末とはいかないけれど、定期的にやったほうがいいのだな、トレラン……。それにしても、鎌倉、本気だったな……、なめていて悪かったよ……。と、帰りの観光客でごった返す鎌倉駅ホームで一日を回想した。

その翌日、翌々日と、近年まれに味わうほどの激しい筋肉痛に襲われ、トレランもサボってはならぬ！　と、心底実感したのであった。

2015
その羞恥と快楽

旅先でランニング

出張仕事が土日にかかる場合、たいてい荷物にランニングシューズを入れる。これは「走りたい！」という前向きな気持ちではなくて、土日にはぜったいに走らないといけないという強迫観念の故である。

私は走るのが嫌いだが、どうやら気が散る何かがあると、その嫌いさも減じるらしい。スポーツクラブのランニングマシンでも、テレビがあればなんとか40分続けることができる。マラソン大会も、まったく景色の変わらない道を往復するのと、まったく知らない町なかを走るのとでは、つらさばかりか疲れも違う。見たことのない景色に目を瞠《みは》っていると、疲れることも忘れてしまうようである。

だから、出張先で走る、今ふうに言えば「旅ラン」は私にはなかなか合っている、と自分でも思う。

私がはじめて出張にランニングシューズを持っていったのは、長野の高遠へ行ったときだ。ブックイベントに招かれて、一泊で出かけたのである。

一泊した翌朝、まったく知らない町を走ってみた。町があり、山があり、山を上がっていくと神社があったり城址公園があったりして、走っていることを忘れるくらいたのしかった。ひととおり走って帰ってきたところを、イベント主催者の北尾トロさんとばったり出くわした。「えっ、走ってきたの⁉」と驚かれたときの、あの消え入りたいような恥ずかしさはなんだろう。

このときはじめて、私は「走っているところを、できれば知り合いに見られたくないし、知られたくない」自分に気づかされた。得意でもなく、好きでもないことを、さも得意げに（得意げではないのだが）やっていそうな自分を、見られたくないのだろう。

高遠で気をよくした私は、あちこちにランニングシューズとウェアを持っていくようになった。

走るのに適した道、というのは本当に各地にある。そのことに感動する。京都はいっけんそんな道などなさそうだが、鴨川沿いをずーっと走っていけばまったく飽きない。函館は坂の町で、アップダウンが激しく、ランニングには向いていなそうだが、「のぼりは歩いてよし」などとルールを作ってゆっくり走れば、観光名所を巡ることができてものすごくたのしい。坂の町といえば長崎もそうなのだが、海沿いは気持ちがいい。奈良は奈良公園を走り、金沢は観光名所を縫いつなぐように走った。

冬の山形でも走る？

毎年、ある仕事で山形にいっている。たいてい土日の一泊なので、ランニングシューズを持っていこうとし、いつもはっとする。はじめてこの仕事で山形にいったとき、ランニングシューズを持っていくと話したら、山形在住の人が大笑いしたのである。「今の季節に走れるわけがない、ものすごい雪だから」と言うのだ。

関東で生まれ育った私は、雪がそこまですごいことを想定したことがない。「そんな大げさな……」と思いながら出かけてみると、たしかにものすごい積雪量だった。相手の言うことを信じず、ひそかにランニングシューズを持ってきた自分が、どれほどの馬鹿なのか思い知らされた。

それなのに、冬の山形は雪が積もるということを私は忘れてしまうのである。翌年呼ばれたのも冬で、また、走れますかと地元の人に訊き、一笑に付された。そしてそ

私の旅ラングッズ

の翌年もまたころりと忘れて、走れますかと私は訊いたのである。

あまりに不憫に思ったのか、その翌年、ようやく春に呼んでもらった。4月である。桜が咲いているという。桜の名所もあるという。到着日、私はそのコースを聞いて頭に叩きこみ、ようやくこの町を走ることができると思って眠りに就いた。

翌朝起きて、ホテルの窓から外を見て仰天した。なんと！　雪が降っているではないか。何かの間違いだろうとホテルの外に出てみるが、やっぱり雪。桜が咲いているのに、雪。異常気象らしい。山形よ、ぜったいのぜったいに私に走らせない気か……と、愕然とした。

その次の年、秋に呼んでもらって、本当にようやく、走ることができた。ランニングコースにいいと数年にわたって聞かされていた霞城《かじょう》公園が、一面紅葉に染まってそれはうつくしかった。霞城公園は1周すると2・5kmほど。2周しても5kmではもの足りない。駅をくぐり抜けて、七日町までいって帰ってくるぐらいがちょうどいい。と、そんなことを覚えるほど、以後は幾度も走っている。

海外を走るのは勇気が要る。まず、走っている人がいるかどうかわからない。だれもランニングしていないところで、ひとり走っていたら奇異な目で見られるだろう。それに迷ったらなんだかこわい。ランニングウェアの迷子なんてみっともない。なかなか勇気が出ず、シューズもウエアも持っていかなかったのだが、数年前、フランス滞在のときに思いきって持っていった。滞在中のスケジュールが比較的ゆったりしていて、午前中に走る時間がとれそうだったからだ。

トレーニングウエアに小銭、何かのときのために携帯電話だけ持って、ホテルを出るときの不安は、今まで感じたことのないものだった。何も持たずに異国の町をうろつくのだ。

迷ったらこわいという思いから、セーヌ川にまず出て、川沿いをずーっと走った。なんという気持ちよさ！　走りはじめたリュクサンブール公園は緑が多くて、午前中の陽射しはまっさらで、静かだ。走っている人もたくさんいる。セーヌ川沿いも、景色が次々と変わって驚くほどたのしい。帰りは反対側の岸を走った。

気づけば、ホテルを出たときの不安が安心感にかわっている。旅人として町を歩くときの不安が、いっさいないのだ。それはおそらく、なんにも持っていないからだ。まずお金も財布も、パスポートも持っていない。ちゃんとした洋服すら着ていない。しかも走っている。トラブルに巻きこまれる要素が、まったくといっていいほどないのである。この安心感、今まで知らなかった、と私はちょっと感動した。

それから、スケジュールに余裕がありそうなときは海外でもシューズを持参するようになった。

台湾を走ったとき、台北１０１とそごうのある町と、台北駅と乾物街が立体的につながった。しかも、走った道々に、過去旅した記憶が落ちていて、それを拾って走れることにも興奮した。興奮のあまり、かつて泊まった宿までさがしあてた。

マドリッドには大きな公園があって、その公園を越えると中央駅に出る。その町の地図も、そうやって理解した。服を着て、荷物を持って地下鉄を乗り継いでいるときは、どこかびくびくしているのに、走っているとやっぱりなんにもこわくないのだった。しかもその日、その公園ではミニランニング大会が催されていて、ゼッケンをつけた大勢の人が公園内をぐるぐると走っていた。そんなこともうれしいのだった。

ローマに仕事でいったときは、スケジュールがキツキツで、空港からホテル、ホテルから仕事の会場、会場からレストランへとぜんぶ車で移動して、20歩くらいしか歩かなかった。ドライバーさんが気の毒がって、空港からホテルへ向かうとき、わざわざ遠まわりして観光名所を通ってくれるほどだった。そのことがかなしくて、翌朝、なんとか早起きして、30分だけでもと思い、走った。このときはホテルのまわりをぐるぐるまわっただけだが、早起きの市場の人や、カフェの開店準備をしている人が、ボンジョルノ！　と快活に挨拶してくれるのが、ちょっと泣けてくるほどうれしかった。

ここで走っているのはちょっとへんだ……と思ったのは、パキスタンである。女性がひとりでバスや電車に乗らないような風潮が、未だ残る国である。私が滞在したのはイスラマバードで、ジーンズ姿の女性もいたし、女性同士で歩くグループもいたのだが、朝っぱら、ランニングウェアで走る女どころか、男すらいないのだ。そのことに走り出してから気づいた。それでも、道ゆく人に奇異な目で見られることもないので走り続けたが、「これはどうか……」と、走りながらずっと戸惑っていた。焼きたてのナンを何十枚も抱えて走っている男の人がいたのだが、走っているのは彼と私だけだった。

知らない土地を走る快楽。

異国は、いくら旅しても、旅慣れない私はやっぱりいつもどこかこわい。何度かいった場所でも、いつもびくびくしている。間違えないか、迷わないか、スリに遭わないか、こわいのである。

それが、いったん走ったことのある町だと、こわさが薄らいでいる。なんだか近しくなったような気がするのである。そのことに、パリを再訪したときに気づいた。

それまでの私は、パリってちょっとすかした町だ、私とはどこか無関係の町だと思っていたのだけれど、走った翌年にパリを訪れたとき、なんだか昔からの知り合いに会ったような気がしたのである。

走ると、どうもその町と親しくなるらしい。なんにも持たずに、なんにもこわがらずに、べったりと地に足を着けてまわった、そのことが、距離の近さを錯覚させてくれるのだと思う。それまではただの仕事のつきあいしかなかった人と、数日ともに出張に出向き、幾度か深夜まで飲んだりすると、急に親しく感じられることが私にはよくある。その後何年も会わなくても、再会したとき、たった一度ともに旅したというだけで、ものすごくなつかしく感じてついなれなれしくしてしまうのだが、それとおんなじことなんじゃないかと思う。

走ることに未だ消極的ながら、知らない町を走ることの快楽には目覚めたようである。出張が入るたび、もらったスケジュールを眺め、走る時間はあるかないかつい考えてしまう。ないと、がっかりしている。

ついこのあいだは、やはり仕事でスペインのサンチャゴ巡礼道にいった。この道へはいろんなルートがあるが、もっとも一般的な、フランスのサン・ジャン・ピエ・ド・ポーから入るルートだと、８００㎞ある。東京から広島くらいまでの距離だ。巡礼者はこの道を一カ月かけて歩く。そんな余裕のない私は、ほんの数日、ほとんど車で移動して目的地を目指した。途中、15㎞ほど歩いたのだが、この道沿いの景色がまたすばらしい。ここを走ったらさぞや気持ちがいいだろうなあと、歩きながら考えている。このスケジュールもまたあわただしく、歩くことはできたが、午前中に走る時間はもてなかった。

25年前、旅に取り憑かれて、ひとり旅をはじめたころは、旅先で走るなんて考えたこともなかった。そんなふうな町との親しくなり方があるなんて、思いもしなかった。そのころの私は、バスや電車の乗り方がわからないとひたすら歩いていて、1日6時間でも7時間でも平気で歩いてはいた。歩くことで、町の地理を覚え、覚えることでその町と親しくなれると思っていた。それはきっと間違いではない。自分で歩いた町は、十数年後に訪れてもまだ道を覚えている。

けれども、やっぱり、ガイドブックも財布も持たずに走るあの安心感は得られない。もちろん、私は未だに、旅先で走ることは恥ずかしいと思ってはいる。だって、走る必要なんかまったくないのだ。

だからいつも、朝食に向かう仕事仲間の人にどうか見られませんようにと、こそこそランニングウェアでホテルを出て、汗だくになってこそこそと帰ってくるのである。

2015
遭難じゃない、夜の山

高尾山ナイトハイク

待ち合わせは午後6時、高尾山口。曇り空は暮れておらず、まだ明るい。高尾山頂手前にあるビアガーデンに飲みにいくらしいグループ連れが、幾組か待ち合わせをしている。

私たちが待ち合わせて出向くのはビアガーデンではない。山である。そう、これから山に登るのである。

ナイトハイクにいきましょう、とW青年から言われてはじめてその言葉を知った。文字どおり、夜のハイキングである。夜にわざわざ山を歩こうという奇特な人がいるのか、と思ったが、でも、ちょっとおもしろそう。ということで、私も奇特な人になろうと思ったのである。

山を案内してくれるのはモンベル社のTさん（男性）とMさん（女性）。みんなで落ち合って、駅を背に歩きはじめる。ケーブルカー乗り場まで続くお土産屋さんも飲食店も、みごとに閉まっている。こうこうと明かりを放つケーブルカー乗り場を通りすぎ、登山口を目指す。

「6号路」の道標があり、そこが登山口とのことである。登山口前で、みんなで体をほぐしストレッチをする。まだ空はかろうじて明るい。

6号路を入り、ゆるやかなのぼり道を歩く。昼過ぎまで降っていた雨はやんでいるけれど、木々の枝から水滴がぽつりぽつりと落ちてくる。

歩きはじめてから10分もしないうちに、日は暮れて、前が見えなくなった。ヘッドライトを装着する。

ヘッドライトが照らすのは、ほんの10m先くらいまで。そのくらいの視界で歩くのである。とはいえ、登山客もトレラン客もハイキング客も多い高尾山は、しっかり整備してあって歩きやすい。整備した道の両側には植物が勢いよくのびている。春だといろいろめずらしい花が咲いているらしいのだが、夏の終わりの今は花はない。

先導してくれるTさんはこのあたりの出身らしく、学生時代は部活動で高尾山を走らされたという。たしかにTさんの足取りはまったく迷いがなくて、たぶんヘッドライトなしでも真っ暗ななかをすたすた歩いていけそうだ。

現実味のない未経験の暗闇。

水の音が聞こえる。ヘッドライトを動かすと、歩く道のすぐ左手下に川が流れている。こんなに近いのか！　とびっくりする。ヘッドライトの光でも、川の水がとても澄んでいることがわかる。

先頭を歩いてみませんか、と言われて、Tさんの前を歩かせてもらう。自分の前にあるのが暗闇だけ。音が闇に吸いこまれていくようだ。木の根っこや、岩肌や、山の斜面が、古代神殿の一部のように思えてくる。

だんだん、不思議な気持ちになってくる。自分はどこにいるのか、いつの時代にいるのかまったくわからなくなるような感覚だ。高尾山だとわかっているし、頂上を目指していることもわかっているのだけれど、あまりにも状況が変に思えるのだ。ひとっ子ひとりいない暗い山、鬱蒼と茂る木々と雑草、目の前でふわふわと揺れるライト、水の音……。そうか、ぜんぶはじめてなんだと気づく。

山を歩いていてこわいことはたくさんある。迷子、転倒、滑落、水切れ、クマとの遭遇等々。高所恐怖症のケがある私は切り立った場所がとにかくこわい。でもとりあえず、迷子や滑落は注意することで避けられる。ふつうはみんな転倒をしないように慎重に歩いているし、水や食料も多めに用意している。でもひとつ、こわいことのなかに避けられないものがある。クマも避けられないだろうが（クマよけがあったとしても）、もっと日常的に避けられないのは日が暮れることではなかろうか。

山を歩いていて日が暮れたら悲惨である。そんな目に遭わないように私たちはスケジュールを組む。私も今まで幾度か山に登ったが、どんなに遅くとも夕方前には下山できるように時間を組んであった。そうしていつも私は山を歩きながら、日が暮れたらどうなるんだろうなあと考えていた。一歩も動けないだろうから、その場でうずくまっているしかないのか。暗闇のなかで、テントも屋根もなく、どんなに心細いだろう。食料が切れたら発狂しそうになるだろうなあ。日が昇るまでの数時間が、果てしなく長く感じられるだろうなあ。

幾度も想像したおそろしい夜の山を、今、歩いているのである。あまりにもはじめての経験すぎて現実味がもてないらしいと、歩きながら自己分析する。

左手の傾斜が急なので、落ちないように気をつけてくださいとTさんに言われて、ヘッドライトで確認すると、たしかに山道の左側は切り立った崖である。おそろしくて尻がすーっと冷たくなるが、でも、ライトをあてなければ崖は見えなくなり、恐怖心も薄れる。昼間なら、この崖が続くかぎりずーっとこわいのだが。

そのうち、霧が出はじめた。ただでさえライトがあっても少し先までしか見えないのに、その少し先も霧に覆われている状態だ。

でものぼり坂はゆるやかだし、道は歩きやすく、切り立った崖地帯も過ぎているので、歩くのに不安もないしこわくもない。さっきよりもますます幻想的な気分になる。前も後ろも見えない、それなのに歩けてしまうという不思議。

のぼり道の先が階段になっている。私の苦手な木の階段である。階段の先が闇と霧にずっぽりと隠されているから、どのくらい歩けばこれが途切れるのかわからない。曲がりながらも階段は続く。なかなか終わらない。今までののぼり道のなかでこの階段がいちばんきつい。まだ終わらない。まだ終わらない。「もういい加減終わってよ!」と怒りたくなるほど、終わらない。先が見えないからうんざりせずにのぼれるが、先が見えないから長く感じるのである。

ようやく階段が終わる。少しのぼると、霧のなかに白い明かりが見える。『未知との遭遇』みたいだ。しかし白い光はUFOではなく自動販売機である。見えるのはそれくらいで、あとはもうみんな闇と霧のなか。夜の山もはじめてだが、夜の霧もはじめてである。しかしながらやっぱり幻想的で、この世ならざる世界みたいで、こわいというよりは、そのめずらしさに目をみはってしまう。山頂から見下ろしても、なんにも見えない。町の明かりも霧に包まれている。山頂という感慨もあまりないのだが、そういえば、3年くらい前にケーブルカーでこの山頂まできたなあとそんなことを思い出した。

冴え渡る五感を実感。

そこから下山である。雨のあとの道が、濡れた粘土のようになっていて思いの外すべりやすい。しかもときどき、大きな水たまりが広がっている。ライトを当てないと気づかないので、おもに足元を照らして慎重に下りる。徐々に霧が晴れてくる。しばらく下りていったところで、Tさんが立ち止まる。「ここでライトを消すと、驚くほど真っ暗になります」と言われて、みんなでライトを消す。

この日は曇りで、月は出ていないが空は全体的に白っぽく、そのせいで山も明るかった。けれどここでは木々が空を遮って、光もなく、本当に真っ暗闇である。先に伸ばした自分の手もよく見えない。ライトを点けないまま少し歩いてみる。こわくはないが、やっぱり奇妙な心持ちである。虫の声がいっそう大きく響く。

ふたたびライトを点けて歩く。霧は晴れ、遠く、町の明かりが見えてくる。なつかしいようなうつくしさで、しばし見とれてしまう。

「ここがムササビポイントです」とTさんが言い、私たちは立ち止まって木々の上部を見上げる。

夜行性のムササビは、日暮れからしばらくすると、木から木へと飛んで移動する。夫婦でいっしょにいる場合も多いらしい。この山でも、ときどき見ることができるという。こんなに暗いのにどうやって見つけられるのか訊くと、暗闇のなかで目がキランと光るそうだ。

キランと光るのをみんなでさがすが、いない。今日は不在のようである。

頂上付近よりだいぶ傾斜はなだらかになって、すべりにくくなり、歩くのがぜんぜん楽になる。ムササビがいないか、あきらめ悪く私は木々にライトをあてながら歩く。こうして歩いていて、ムササビでなく五寸釘に打たれたわら人形を見つけてしまったらどうしようとふと思う。木の幹に打ちつけられたわら人形を、一度だけ、九州の山道で見たことがある。異様すぎて私は言葉を失い、いっしょにいる人に言えず、ひとり胸にしまって下山したのだった。そのときはもちろん昼間だったけれど、こんな真っ暗ななか、ライトのかそけき光でそんなものを見つけてしまったら震え上がるだろう……とこわくなるが、ムササビもわら人形も見つからない。

下山道にはいくつかムササビポイントがあり、教えてもらうたび私たちは立ち止まって木々を見上げた。しかし残念ながら、今回は見つけることができなかった。

サー、という音が聞こえてくる。水音ではなく、高速道路を走る車の音だそうだ。やがて下方に高速道路の明かりも見えてくる。まだ完全な山のなかなのに、高速道路の明かりと音が届くのが、またなんとも奇妙である。

暗いなかを走ると獣になった気がする、と言ってW青年が暗闇のなかを走り出す。Tさんも走る。走りたい気持ちはなんとなくわかるが、そんな元気のない私は走らず、獣化していく二人の背中をただ見送った。

そのうち、暗闇に浮かび上がるように電車の駅が見えてきて、走る電車も見えてくる。山道を下りきると、稲荷神社がある。夜の稲荷神社に手を合わせる。ここまでくると、もう終了である。舗装された道を下り、ケーブルカー乗り場のわきを過ぎる。

駅に着くと、9時少し前。のぼりに1時間半、くだりに1時間ちょっとの道である。はじめてのナイトハイキングはじつにたのしかった。暗闇だと、五感が冴え渡ることが実感できる。水音や虫の音《ね》がいつもより響き渡り、土や木々のにおいが色濃く漂う。場所によってにおいが違うのも興味深かった。雨上がりだから動物は少なかったそうで、ふだんなら、鳥の声や小動物のたてる音がもっと聞こえてくるらしい。

もっとも私がたのしかったのは、非日常感である。夜の山など、夜の山に入ろうと思わなければ歩けない。歩いたことのない、見たことのない世界が広がっている。今夜は曇りと霧だったけれど、満月の夜も、新月の夜も、ふだんの暮らしでは決して味わえない、格別の趣があるのだろう。

ときおり、最終のケーブルカーに間に合わなかった人が、この山道を下りてくることもあるらしい。もちろんそういう人は登山の格好などしておらず、下手するとミニスカートにパンプスだったりすることもあるという。それはつらかろう。こんなにたのしくのぼりおりして、もう一度違う季節にきてみたいと思う私でも、ケーブルカーを逃してこの夜の山を歩くのだけはいやだ。やはり、夜の山を歩こうと思って歩きたい。

高尾山、楽勝だったな、と思いながら寝た私だが、翌日起きたら、ものすごい筋肉痛である。初心者用の山といってもやはり山、しかも夜だから、無意識に力んでいたり慎重になっていたりしたのかもしれない。やはりあなどってはならないのだなあと、その翌日まで続いた筋肉痛に教え諭された気分である。

2015 秋
これぞ正しき
大人の酔狂

ワイン飲みつつメドックマラソンinボルドー

ランニングをする酒好きならばぜったいに知っているだろう、ワインを飲みながら走るマラソン大会があることを。私ももちろん知っている。いつかいってみたいと漠然と思っていた。

そのいつかがやってきた。２０１５年９月。ボルドーで行われるメドックマラソンに、私は参加することにしたのである。ぶどう畑のなかを走るコースで、点在する各シャトーがそれぞれワインを提供しているという。必須ではないが仮装を奨励しているらしく、毎年テーマが発表される。ちなみに今年のテーマは「正装」。

私は仮装するつもりはなかった。面倒だし、何より走りづらそうだ。けれども出発直前になって、「仮装しないと失礼なのではないか」と妙に不安になってきた。そして雑貨店の仮装用品売り場（こうした売り場があると今までまったく知らなかった）に赴いた。正装、正装、でも走りにくくならないもの、とつぶやきながら、とりあえず祭の法被《はっぴ》とちょんまげのカツラを買い求めた。

マラソンが行われるのは、ボルドーの繁華街から車で一時間ほど走った場所にある、まさにぶどう畑が続く地域である。コース地図を見ると、いろいろとマークが描かれていて、その横に説明がある。救護所や給水所などはわかるのだが、「ビーフステーキ（牛の絵）」「牡蠣（貝殻の絵）」「チーズ」「アイスクリーム」「朝ごはん」などと書いてある。フルコースなのだと説明を受ける。つまり、オードブルの牡蠣からはじまって、デザートのアイスクリームで終了、ということらしい。走りながらのフルコース……？

翌朝、スタート地点に向かうと、仮装した人々がぞろぞろ歩いている。タキシード姿やドレス、民族衣装らしきものを着た大勢のチーム。みんなじつにたのしそうである。目が合うとにっこり笑う。歌をうたうチームもいる。カメラを向けるとポーズを作る。知らない人同士がいっしょに写真を撮り合っている。なんだか異様にハッピーなムードが漂っている。参加人数は８０００人とのこと。

午前９時30分、スタートである。拍手が湧く。制限時間は６時間30分。

２㎞地点、つまりスタートしてから10分後ぐらいに、スタッフの人たちが盛大に何か配っている。カヌレとクロワッサンである。ああ、これが朝ごはん地点か！　ランナーたちはみんなどちらかをもらって食べながら走っていく。私は食べずに通りすぎた。

この日の私の課題は、たのしむこと。いつもいやだいやだとネガティブな気持ちでランニングをし、いやだいやだと暗い気持ちでマラソン大会に臨むのは、いかがなものか。一度でいいから、たのしいたのしいと思いながら走ってみようではないか。まさにこのワイン飲み放題の大会は、私が課題をクリアすべきためにある。そう決めて、作戦をたてた。目標完走タイムは6時間。最初から飲んでしまうと具合が悪くなるだろうから、20㎞地点までは水以外飲まず、食べない。20㎞を過ぎたら、飲みたいところで飲み、食べたいところで食べ、歩きたいときに歩こう。

最初のワインが出てくるのは3㎞を過ぎたあたり。あまりイメージができなかったのだが、給水所のワイン版である。ランナーたちはほぼ例外なくワインを飲んでいる。私は我慢してここも通りすぎた。

5㎞も走らないうちから、光景がびっくりするほどきれいであることに気づく。ぶどうの木々は158㎝の私の背より少し低いくらいで、それが、横一列に整列して等間隔に並んでいる。そのぶどうの木々が、うねりながら果てしなく遠くまで続いている。高い建物も電線もなく、曇り空は広くて高い。遠く、霞むようにお城がある。ま

8839
8845
8847

るで絵本のなかの光景みたいなのだ。そのなかを、タイトなドレスを着た男たちや、ギリシャの神々の格好をした男女や、着ぐるみを着た女が、ぞろぞろぞろぞろと走っていくのである。何か非常にシュールな夢を見ているようだ。

道路沿いに長テーブルを出してワインを配っているところもあるが、シャトーを開放しているところもある。シャトー内がランコースになっていて、そのなかに入っていくと、奥にテーブルが用意され、ワインがずらりと並んでいる。こういうところはプラスチックのコップではなく、ワイングラスだ。食べものも豊富で、ポテトチップス、オレンジ、バナナ、チョコレート、焼き菓子などが皿に盛られている。しかも配っている人たちと目が合うと、「さあお飲み」とでも言わんばかりに、にこーっと笑ってくれる。20kmまでは飲まない、とその都度私は心を引き締めて走り抜ける。

待ちに待った20km地点は、芝生がばーっと広がる広大なシャトーの敷地内にあった。シャトーの門から入って走っていくと、その緑の芝が見え、その向こうに、きらきらと光るワイングラスがずらりと並んでいる。バンド演奏の軽快な音楽が聞こえる。タキシードを着た人たちがワインの向こうで手招きをしている。なんだか夢のような光景！

明かりに吸い寄せられる虫のように近づいていくと、赤ワインの揺らめくグラスを笑顔で渡される。見知らぬランナーがカンパーイ、的なことを言いながらグラスにグラスを寄せてくる。

この一杯目のワイン、ほんっとうにおいしかった。ようし。ここからがたのしむ時間だ！　意気揚々と私は夢シャトーをあとにした。

ところが、たのしもうという私の気持ちにまさに水を差すように、曇り空からぽつぽつと水滴が落ちてきた。まさか。きっとぱらりと降ってすぐやむさ。しかし22㎞地点を通過するころには、疑いようもない雨となってしまった。また配られていたワインをもらい、私は走るのをやめて歩きはじめた。このあたりは通行止めになった車道で、道路沿いには応援客が大勢いる。とぼとぼと歩く私のゼッケンに目をこらし、ちいさく書かれた名前を読み取って呼び、アレー、アレーと言っている。アレーって、がんばれって意味だろうか。なんだかうれしくなって、また走りはじめる。ちょんまげ頭の私を見つけ、「コニチワー！」「アリガトー！」と知っている日本語を次々と叫んでくれる。あんまりにもその声援がすごいので、私は走りながらも泣きそうになってしまった。

車道からまたワイン畑になり、道は玉砂利になって、応援客の姿はなくなる。声援に、調子にのってピッチを上げすぎて、どっと疲れが出る。そうだ、歩いていいんだ、と思い出して走るのをやめる。

驚いたのは、けっこうな数の人がワイン畑にずんずんと入っていって用を足している ることだ。整列する木々のなかにすっぽり隠れて、尻をこちらに向け用を足している。男ばかりか、女の人まで、奥に入っていってしゃがんでいる。すごいなあ。私が東京のレストランや自宅で飲んでいるボルドーワインには、年に一度のこの人たちの……

いやいや、考えるのはよそう。

飲みたい。眠い。飲みたい。

25㎞を過ぎるころ、雨に濡れながらも私は眠たくなってきた。なんだろう、この眠さ。命が危険にさらされると人は自動的に眠くなると聞いたことがあるが、もしかして、ワインを飲みながら雨に濡れて走るって本当に危険なことなのではないか。そんなことを真剣に考えながら歩いていたのだが、26㎞地点のシャトーにたどり着くころに「時差ぼけの上に飲んでいるから眠いんだ」と至極シンプルなことに気づいた。何しろ昨日ボルドーに着いて、今日走っているのだ。

飲めば、もっと眠くなるし、もっと走りたくなくなるとわかっているのに、ワインを配っているポイントがあると、ふらふらと近寄っていってしまう。すごく飲みたいか、と言われれば、そうでもない気もするのだが、飲めるときに飲まなくてどうする、という飲み意地根性になっている。26km地点、28km地点、29km地点、31km地点、にっこり差し出されるグラスやプラスチックカップをもらって飲み続けた。

それにしても、スーツだとか、アフロディーテだとか、スーパーマンだとか、衣裳も小道具も、雨に濡れて重いだろうに、みんな走っている。ざんざん降りのなか、果てしなく続くぶどう畑を、びしょ濡れのへんな格好の人たちがざっざっと走っていく図は、さっきにも増してシュールな上、不気味ですらある。私は今の今まで、こんなにみんなが走る大会だと思わなかった。制限時間も6時間半とかなり遅く、これだけのワインである。みんなまじめに走らず、飲んで歩いて、ときどき走ったりするだけだろうと思いこんでいた。なのにみんな、ワインはしっかり飲み、そして飲み終えると走っている。歩いている人なんて私くらいだ。応援客ばかりか、ランナーたちにまでがんばれ、走れ、と言われる自分が情けなくなり、私もようやく走る。

39km地点が近づくにつれて何かランナーの列がざわざわとしはじめる。なんだなんだ、と思って近づいていくと、おお、牡蠣である。長テーブルに山盛りの牡蠣の皿が、どーんどーんと置かれている。ランナーたちは群がり、次々に手をのばして牡蠣を食べる。山盛りの皿はあっという間に殻だけになるが、係の人が山盛りの皿を次々と運んでくる。係の人を取り囲んでみんな牡蠣を食べ続ける。

こういうときって多くの場合、押し合いへし合い状態になったり、悪くすると我先に状態になり、ちょっと場が騒然とするものだ。ところが、まったくそんなことはない。譲り合うわけではないが、みんな静かに牡蠣を食べ続け、グラスの白ワインを飲んでいる。牡蠣を運ぶ係の人も、「ほらー、牡蠣きたぞー」というようなことを陽気に言いながら登場し、次々とのびてくる手に皿を差し出し「食べろ〜、好きなだけ食べろ〜」と笑顔を見せる。

牡蠣は小ぶりだが、海の香りのする塩気と、ちゅるんとした冷たさが、疲れた体にちょうどいい。私は続けざまに3個食べ、白ワインを飲んだ。オードブルの次はメインだ、メインはステーキだ。ステーキが出されるのは40㎞地点を過ぎたところ。よろよろ、よたよたとそちらに走る。

またしてもすごい人だかり。テントの下、やはり長テーブルに、ちいさくカットされた牛肉が皿にどかんと盛られている。その隣、炭火でステーキ肉を次々と焼いており、焼けると次々とカットして、皿に盛ってテーブルへと運ぶ。ランナーたちはまたしても静かに平和的に群がり、手づかみでもりもり食べている。私も食べた。おいしい！　本当においしい。肉はやわらかく、あっさりしていて、味つけもちょうどいい。背後から、「おれこんなにうまい肉はじめて食べたかも」と言う日本語が聞こえてくる。うんうんわかるよ、40㎞も走ってきたんだもん、それで炭火焼きの肉だもん、そりゃあうまいよ、と手を取って言いたくなるのをこらえて、さて、あと２㎞。

　ステーキポイントを過ぎてＧＰＳを確認すると、まずい、６時間近くが経過している。あと２㎞だとしても、目標の６時間ジャストでゴールするのは無理だ。あと２㎞、食べる以外はとにかく走ろうと決める。

　ステーキのあとはデザートのチーズポイントがあるらしいのだが、焦っていたのか私には見つけられなかった。41㎞地点手前で、アイスクリームポイントを発見。おばあちゃんたちが次々とパッケージを破いて渡してくれるアイスクリーム（バニラ味のチョコレートコーティング）をもらって、食べる。これがまた、おいしい！　牡蠣、肉、アイスと、体が欲するタイミングで欲するものが与えられる感じだ。

　アイスを食べて、あと１㎞。もう６時間経過してしまった。ここへきて、ようやく雨もまばらになった。ゴールに向けて私は走った。疲れて脚もあんまり上がらないが、ともかく走る。スタートした地点が見えてくる。ゴールのアーチにデジタル時計がついている。残りの体力を振り絞ってゴール、時計は６時間10分を示していた。

そのままふらふらとランナーの列に混じって直進していくと、メダルを渡され、その後、箱入りワインとバッグを渡される。完走するとひとり1本ワインをもらえるのだ。
　とんでもない大会である。目標である「たのしむこと」であるが、結論からいえば、体力的にはつらかった。とことんつらかった。歩こうが、休もうが、やっぱりつらいものはつらいのだ。けれども終わってみれば自然と口をついて出てくるのは、「たのしかった」である。こんなに馬鹿げたマラソン大会は見たことがない！　そして、初っぱなから最後の最後まで、こんなにハッピーな大会も、また見たことがないのである。

フルマラソン
7回目タイム
6時間10分

中年体育心得8カ条

◉中年だと自覚する

40歳を過ぎると、人は自分の年齢がよくわからなくなる、というのが持論です。精神が20代後半から30代くらいで成長をやめて、いつまでもその年齢にいると思ってしまう。でも、私たちは中年。無理は禁物。

◉高い志を持たない

かつて運動をしていた人であったとしても、私たちがこれからオリンピックに出ることもインターハイに出ることも絶対にあり得ないのです。「とりあえず歩かないようにしよう」くらいの、低い志のほうが、長く続けることができると私は思います。

◉ごうつくばらない

痩せる、体脂肪を落とす、中性脂肪値を落とす、生活習慣病を予防する、その運動を介して新しい出会いを求める、人生の倦怠を帳消しにしてもらう、等々、何か得しようとすると、挫折は早まります。

◉ やめたくなったら、やめる前に高価な道具をそろえる

ランニングならGPS付き腕時計、野球なら揃いのユニフォーム、ダンス系ならオーダードレス等々。「これ、せっかく買ったからなあ」が、やめるのを先延ばしにしてくれます。

◉ イベント性をもたせる

練習後の友人たちとの飲み会。友人たちとの揃いのグッズ作成。地方の大会にエントリーし、旅のついでのように参加。馬の鼻先の、にんじん的なものですね。旅も宴会も、大人になったからこそ、存分に楽しめるように思います。

◉ 褒美を与える

「自分にご褒美」という言葉が好きではない私ですが、でも、何かたのしいことがないと、苦しい体育は続けられません。体育終了後にきんきんに冷えたビールを飲む、というのは、リアルタイム体育の時代にはできなかったこと。飲み会、高カロリーなごちそう、エステ、マッサージ。「この苦しみが終わればアレが待っている」のアレはかなり重要だと思います。

◉ 他人と競わない

だれかと比べて落ちこんだり、ちょっとした優越を味わうことが、若いときの私にはとても多かった。中年になって体育をするようになり、それがひとつの苦しみの元だったことに気づきました。競うべくは、闘うべくは、勝つべくは、いつも他人じゃなく、自分自身なのだと、中年だからこそ思い至ることができました。

◉ 活動的な（年少の）友人を作る

この連載に登場する担当者、W青年は、私より18歳年下のスポーツ系に属する人です（100㎞マラソンに出場するような。そして完走するような）。私はたぶん、東京マラソンをはじめ、この青年の「山にいきましょう」「ベアフットランニング習ってみませんか」という誘いがなければ、ほぼ、何もしなかったろうと思います。いろんなことに詳しくて、わくわくと提案をしてくれる友人知人がいると、重い腰も少しばかり軽くなります。

そんなわけで、W青年こと涌井健策さん、連載中は、いっしょに走ったり山に登ったり、本当にいろいろな体験をさせて下さって、ありがとうございました。この場を借りてお礼を申し上げます。またいつか、どこかの大会でいっしょに走りましょう！

初出
Number Do
2011 年春 「初マラソンは東京で」
2011 年秋～ 2016 年　連載「なんでわざわざ中年体育」

写真
榎本麻美　p34・35・154・155・159・178・179・182・183・250・251・258
近藤篤　p15
深野未季　p90・91・95（B-PUMP 荻窪）・103・174・231・263
松岡多聞　p55・p223
涌井健策　p43・115・135・139・167・199

角田光代（かくたみつよ）
1967 年神奈川県生まれ。早稲田大学第一文学部卒業。
90 年「幸福な遊戯」で海燕新人文学賞を受賞しデビュー。96 年『まどろむ夜の UFO』で野間文芸新人賞、97 年『ぼくはきみのおにいさん』で坪田譲治文学賞、2003 年『空中庭園』で婦人公論文芸賞、05 年『対岸の彼女』で直木賞、06 年「ロック母」で川端康成文学賞、07 年『八日目の蟬』で中央公論文芸賞、11 年『ツリーハウス』で伊藤整文学賞、12 年『紙の月』で柴田錬三郎賞、『かなたの子』で泉鏡花文学賞、14 年『私のなかの彼女』で河合隼雄物語賞を受賞。他の著書に『空の拳』『坂の途中の家』『今日も一日きみを見てた』『わたしの容れもの』など多数。

なんでわざわざ中《ちゅう》年《ねん》体《たい》育《いく》

2016 年 10 月 10 日　第 1 刷発行

著　者　角田光代《かくたみつよ》
発行者　大川繁樹
発行所　株式会社　文藝春秋
〒102—8008　東京都千代田区紀尾井町 3—23
電話　03—3265—1211
印刷所　凸版印刷
製本所　加藤製本

ISBN978-4-16-390535-8